我們的遺憾來自於相愛時間的錯過

新版自序　橘子作品集的最。初

這是橘子作品集的最初，出版的時間是二〇〇四年，然而嚴格說來裡頭作品的完稿大約是〇二、〇三年間，我寫作的第二、第三年左右；那是網路小說最美好的年代，那是我的寫作生涯不如意的幾年，因為我的小說其實不太網路，很不網路。那時候『春天出版』帶著鼓勵的意味告訴我關於我將擁有自己的作品集這事時，我甚至還不太明白這對我有什麼意義，我沒想到它會變成是我往後生活的重心，或者說是、生命的價值。

那幾年間是我最想放棄寫作的時候，而確實我也這麼做了決定，我於是重新回到學校念日語系，但其實我並不是塊當學生的料，比起考試而言、蹺課還比較是我的強項，不過當然這不是個好現象、我曉得。正如原序裡所寫的那樣：我掙扎著想放棄寫作，我掙扎著又繼續寫作，想放棄的東西我繼續依賴，想得到的東西我決定放棄，這兩年，拐了個彎又繞回原點的、兩年。

而今橘子作品集已經邁向20，當初那些得不到市場青睞的作品，經過這幾年的沉潛、終於也有了被愛的機會，例如《不哭》，例如《妳的愛情，我在對面》……等等。而至於我最想放棄寫作、也確實放棄了寫作而重新回到校園的那兩年間，只一個畫面是我唯一印象深刻的：是期中考的一天，坐在座位上該是認真填寫考卷的我，所做的卻是把考卷翻面，利用空白頁寫下滿腦子裡跑來繞去的文字，也就是後來的《寂寞。無上限》。和這本《我們的遺憾來自於相愛時間的錯過》一樣，大概會是橘子作品集裡，唯二的短篇集結，我想。

橘子

自序

這部短篇集結從開始到結束總共花去我大概兩年左右的時間。兩年。

在這兩年裡，我人生的運作拐了個大彎又重新繞回原點——我掙扎著想放棄寫作，然後我跑回校園重拾書本；我掙扎著又繼續寫作，然後在只剩下一個學期就畢業時決定休學——想放棄的東西我持續依賴，想得到的東西我決定放棄，這兩年，拐了個大彎又繞回原點的、兩年。

兩

年

在這兩年裡，很多人出現在我生命裡，問也沒問一聲的、就這樣出現，理直氣壯到令我有一種彷彿是註定好了的錯覺。

在人生的路上我們交會，留下滿到幾乎溢出的回憶，接著我們分離，回到各自的生活。

滿溢的回憶變成了有氣無力的保持聯絡，有些人變成MSN Messenger上的一串帳號，藉著一串誰也搞不懂意義的數字、英文，慢慢從那改變中的暱稱推敲對方的生活，然後慢慢的把彼此淡忘，最終變成熟悉的陌生人，在空洞的網路上互相陪伴卻不打擾。

所以我真的討厭網路，疏離的這樣方便。

也討厭寫序。

兩年來這是我第一次這樣認真寫序，在徹底失眠的清晨、突然想要寫些什麼真實的文字紀念那彷彿濃縮人生的兩年。

兩
年

橘子

contents

遇見一個特別的女孩

十一點，我和她的緣分有三個半小時，最接近的距離是十公分。
也就是說，把我的二十三年歲月換算成 20,148 個鐘頭裡，
有三個半小時的時間，
我把全部的注意力放在一個萍水相逢的女孩身上。

我大學已經畢業快一年了，我還沒交過女朋友，表面上我毫不在乎，但其實我急得要命，我每天都會照照鏡子思考到底是哪裡出了問題，但不管檢查再久再多次我還是很難想出一個合理的解釋；大致上我長得又高又帥，談吐幽默，行為紳士，不抽菸不喝酒，不嫖也不賭。我真誠的以為只要是女人都該愛上我，但問題是那好像只是我的以為。

好吧！我承認事實上我不算很高也不是太帥，幽默感總是慢半拍，行為紳士是因為沒膽量吃女生豆腐，不抽菸不喝酒是怕未老先衰，不嫖不賭則是怕得病兼沒偏財運。

雖然我長這麼大了還沒交過女朋友，但我追女生的歷史可以追溯自國小五年級開始；那應該算是我的初戀，但無奈我怎麼用力追也追不到她，於是我的初戀一直順延到現在都還沒實現。

她是一個瘦瘦小小、乾乾扁扁、老癟著嘴巴皺著眉頭的小女生，她十分的安靜而且看來非常害羞，她長得相當可愛，她的頭髮相當直順柔軟；她當時就坐在我的隔壁，她不像其他想太多的恰北北那樣，會在桌子中間劃一條線威脅說若是過界就要我的命。

我簡直為她瘋狂。

當時我對她的追求真的差點教她抓狂，我對她的愛戀令全校為之瘋狂。我不放過任何一個可以接近她的機會，班上所有的女生都被我捉來問問她的相關細節，我甚至為了想要多了解她一點，而以五塊錢的代價問她的弟弟關於她的事情，結果她的小短腿弟弟只說了她在家裡其實很兇，然後就把五塊錢高高興興的拿去買乖乖了。

搞到最後她在班上哭了出來，老師把我叫去安慰，說是我們現在都還太小，關於愛情還是晚點再談比較好；我回家之後喝了三罐可樂澆愁，我是這麼樣的愛戀她結果卻令她淚流，為此我相當的自責並且認為她實在沒眼光並且欠缺福氣。

於是我的第一次親密追求因為對方的眼淚而宣告落幕。

當時有個三八女說如果我想要改追她的話其實也是可以的，我忘記我當時回答她什麼，我甚至連她的名字長相全給忘了，只記得當時我真覺得她三八得可愛。

接下來的六年時間裡我被送到聽說升學率相當之驚人的私立和尚學校就讀，每天接觸過的女性同胞只有那些後悔沒嫁出去，或是嫁出去之後令對方後悔的女老師，因此我順理成章的失去把女生追到哭出來的拿手好戲。

大學聯考過後我們第一次舉辦國小同學會，那個曾經被我惹哭的小女生也出席，六年的時間過去，她已經成為豐滿的開朗女孩，並且她的兇悍已經不只是在家裡才發揮了。

她當時主動找我聊天，她還記得當年我拿五塊錢向她的弟弟賄賂的事情，於是她笑著遞給我五塊錢，並且還向我說聲對不起；她說不是我不好，只是那時候她保守的家教方式讓她誤會被男生喜歡是一件相當不好的事情，她說她每次回想起來總覺得相當的過意不去，她說她欠我一聲對不起。

那是我最後一次見到她。

我本來很想把那五塊錢拿去買乖乖的，但我那天找了很多便利店卻怎麼也找不到，於是我買了一罐啤酒回家紀念，紀念這段太早也太晚的兒時愛戀。

那是我第一次喝酒，我一口氣喝完它，結果隔天我宿醉得厲害。

清醒之後我覺得天氣很好，陽光明媚，風輕雲淡，於是我便把國小的畢業紀念冊重新找出來翻閱一次，她的照片上還被我寫下：「我真的好愛妳」這六個大字。

我把那泛黃的筆跡用立可白塗掉，然後打包收進我心底的抽屜。

我不確定同學會那天她說喜歡我是不是客套話，我忘了我是怎麼回答她的，但在我的回憶裡她永遠是那個瘦瘦小小，乾乾扁扁，老癟著嘴巴皺著眉頭的憂鬱小女孩；我希望她過得很幸福，希望會再有一個瘋狂愛戀她的男生來對她好，卻不令她哭泣。

她還給我五塊錢了，我們已經互不相欠了。

她說喜歡我了，我對她充滿感謝，但我對她不顧一切的那六個大字已經被我用立可白塗掉了。

該放手的就放手，是不是？

『她在家裡其實很兇。』

我最後想起她的短腿弟弟告訴我的這個他直覺認為有助於我的情報。

我忍不住笑了出來，笑得眼淚都飆了出來。

我一直認為流眼淚是一件很不吉利的事情，因為那好像咒語一般的，令我在往後的感情世界對於其實很兇的女生特別容易動真感情。

□

我不知道別人是怎麼樣，但我人生中很多的第一次都是發生在大學時代。

例如說第一次有自己的車、第一次住宿舍、第一次蹺課、第一次徹底玩通宵、第一次在舞會上發現自己跳起舞來活像外星人起乩兼野猴子發情、第一次學會抽菸並且從此上癮、第一次被灌醉然後發現原來自己喝醉時會一直流眼淚並且碎碎唸，如果還能第一次告別第一次的話那就太好了，但問題是這個卑微的願望始終無法實現。

還有，第一次認識大臉。

大臉是我的室友兼好哥兒們兼沒乾淨衣服穿時就會開始偷我的內褲穿兼每星期有兩天會帶女朋友回來過夜並且毫不考慮的把我趕出去的死黨。

根據大臉的說法是，他早在小學時就親過女孩子的小嘴，只是事後被對方哥哥呼了一巴掌。

當然這是他喝醉時不小心說出來的。

還有他早在國中時就摸過女孩子的屁股，只是事後被對方的男朋友堵在廁所海扁一頓。

當然這又是他喝醉時不小心說出來的。

並且他早在高中時就順利完成第一次的親密接觸，只是當時他緊張的只三秒。

當然這還是他喝醉時不小心說出來的。

大臉只要一喝醉就會開始爆自己的料，並且在清醒之後全盤否認，然後指稱是我們嫉妒他於是故意抹黑他。

大臉的戀愛紀錄是這麼樣的輝煌，因此他十分看不慣身為他好友的我竟還是他眼中的最後一塊淨土，於是他開始把他沒空去把的女生介紹給我，從此開始我瘋狂約會的生活。

但無奈我和這些大臉沒空去把的、族繁不及備載的女孩子約會卻從來沒有超過三次以上的。

有一個女生說她晚上總是睡不著，我聽了之後就勸她去看醫生拿點安眠藥。

結果大臉知道以後非常生氣的告訴我，那是對方在暗示我晚上多打電話給她。

還有一個說她喜歡寂寞勝過熱鬧，我聽了之後就勸她去找隻小花貓來擁抱。

結果大臉又非常生氣的告訴我，那是對方在暗示我可以的話請多陪陪她。

終於有個女生說她欣賞我的幽默，可是有一次我心情很糟，她卻手足無措。

還有一個說想一生一世跟著我，我懷疑她知不知道自己在說什麼。

也有一個女生說跟我在一起不錯，可是她卻又不斷數落從前男朋友的錯。

還有一些模模糊糊都說喜歡上我，她們說了很多卻都沒有說為什麼。

經過了這費時費工吃力不討好並且荷包大失血的盲目約會之後，我告訴大臉感情還是隨緣就好。

那時候大臉的女朋友不小心腫了肚皮，因此他煩惱得不知道如何是好，於是對於我的未戰先投降並沒有太大的意見。

瘋狂的盲目約會的結果就是，我因為荷包大失血而不得不去找打工，並且因此我認識了生命中遇見的第二個其實很兇的女生。

我在一家國際級大飯店裡的餐廳打工，她是那兒的領班，年紀小我一歲，卻已經在那工作好久了；她剪了一頭相當時髦並且有型的潮流短髮，她長得相當清秀，她的笑容相當甜美，她的身材纖細卻骨感得吸引人。

而且，她沒男朋友。

我曾經好幾度想對她展開我瘋狂追求的拿手好戲，但我想大概沒用，因為她是那種一看就知道相當難以馴服的女生，我想就是連大臉出面都會無力招架並且吃了閉門羹還給嘲笑一番的。

最重要的是，我有點怕她。

她說她天生反骨，我認為她其實需要人的保護，只是她不願意承認。

我們的相處相當融洽，她是我最好的紅粉知己，她常常肆無忌憚的欺負我，但坦白說我被欺負得相當開心，因為認識她是我的榮幸，被她欺負是我的樂趣。

她不談感情也絕口不提她的前男友。

她說戀愛不就是那麼一回事，沒什麼好多提起的，但在我看來她其實是傷得太重，當然關於這點我想她也是不會願意承認的；我不知道那是怎麼樣的一個男生，但我想他應該相當有本事，竟能馴服這天生的反骨。

我們常常下了班一起吃宵夜，她的菸癮相當大，一根接著一根的抽；她不在乎，她說她反正沒打算活太久，她還說人生苦短，她自己高興就好。

她是這樣個性鮮明的女生，卻有個相當女性化的名字：敏萱。

有次她先下了班在等我一起吃宵夜，她那天穿著一件前頭開叉的牛仔短裙，她雙腿交叉露出姣好的腿部線條，上半身是合身的T恤，領口有著引人瑕想的陰影。

她還是抽著菸，我本來對女生抽菸的這件事並沒有任何的感想，但是在那一剎那間，我才發現原來女人可以將菸抽得這樣性感迷人。

其實我想說的是，她那時候抽著菸的樣子看起來竟是這樣的寂寞。

但我沒說，因為我知道她是不會承認的。

我忘了那天我們吃了什麼喝了什麼說了什麼笑了什麼，只記得我送她回家時她看來相當疲憊，我還看見她眼角有一滴眼淚，但我不知道那是什麼意思。

後來我再去上班，卻聽到她驟然離職的消息。

我感到錯愕，我一直追問為什麼?但是沒有任何人知道答案。

她始終是個謎樣的女生，她連聲再見都沒有留給我。

漸漸的我也失去了打工的興致，我的生活重心開始擺在研究所的考試上面。

偶爾難免我還是會想起她，偶爾還是會惦記著她。

那個我們比朋友多一點，比情人少一點的女生。

就在我差不多不再想起敏萱的時候，有天夜裡我卻收到她傳來的簡訊，她問我研究所考得如何？

我馬上回電話給她，我們沒提那考試，因為她的聲音聽起來相當糟糕，我聽得出來她在哭泣，但她還是打死不肯承認。

她老是倔強得讓我擔心。

終於我鼓起勇氣問她好不好讓我保護她？

她沉默了好久，然後淡淡的嘆了口氣，她說我人太好，她不忍心折磨我。

她最後說。

「愛情是互相折磨，是不是？」

我們就此失去聯絡，我不知道她現在過得好不好？有沒有又找到一個她願意折磨的男人。

但我希望她過得很好，我希望她過得比我好，我誠摯的希望。

□

我沒考上研究所，也沒有去當兵。

沒有考上研究所的原因我自己說了會很尷尬，所以我不想說。

不用當兵的原因是陳振庭（即我老爸）透過關係的緣故，反正不用當兵我也樂得輕鬆，所以我也沒想多問；畢業後我就在陳振庭的翻譯公司待著，反正我每個月有薪水可以拿，再說我從來也沒有想過關於未來這類的事情。

這天我回高雄去探大臉，雖然大學才畢業不過一年，但大臉現在已經是兩個寶寶的父親了，為此我替他很高興。

現在的大臉儼然是個新好男人，他說人不輕狂枉少年，但是一旦告別少年就還是別再輕狂的好。我不知道這是不是因為他的老婆大人就在身邊聽著的關係。

我們道別的時候他不但勸我少抽點菸，並且還祝我早日也找到真愛。

當然這時候他的老婆大人還是待在身邊聽著。

我們緊緊的擁抱道別，我趁這機會在他耳邊說哪天上台中來，我們哥兒們再好好的瘋一瘋。

我看見大臉的眼睛為之一亮，然後接著宣稱聽說同學會要在台中辦的樣子。

我們笑得很開心，不管他現在或未來會是幾個寶寶的父親，大臉永遠還是我記憶中的那個大臉。

然後我獨自去搭統聯。

□

晚上七點，我在統聯站上等車，選擇統聯的原因是它車次多，但沒想到來來回回這麼多車，就是沒有一班是我要搭的。

七點半，我失去耐心，起身準備退票。

但沒想到這念頭卻被一個迎面而來的女孩打住，她神色匆忙的買了票，然後低頭看錶，最後她皺了眉頭。

不知道為什麼，我突然開始願意選擇繼續等待。

她看起來和我差不多年紀，雖然穿著時髦，但面貌卻是清秀佳人型的女生，十分引人注目的女孩，我發現到此刻其他的人也正偷偷的打量著她，而她沒發現，因為她的視線從手腕轉移到天上的月亮。

月圓呢！我這才發現。

才想把視線從月亮轉移回那女孩，卻驚覺她的眼光不知道從什麼時候開始望向我，我尷尬的移開視線，想假裝是在看那方向的來車，接著她走向我，在我身旁的空位坐下。

原來如此。

我試著調整視線讓她繼續在我的餘光範圍內，然後我發現她又舉起手腕看了一下時間，我覺得有點好玩，這樣纖細的手腕卻戴了一只SWATCH的大錶。

十公分，這是我和她最近時的距離。

我們距離如此靠近，卻又捉不到好角度看她，這令我有點緊張；我是很想抽根菸的，但又想到說不定她討厭菸味，於是只好作罷。

三分鐘後，她再度對錶，然後起身，走向站務員問了一些事情，周圍聲音太過吵雜，所以我聽不見她的聲音，但我想像那應該是輕輕柔柔的吧。

她背對著我，所以我看不到她的表情，但我看見那站務員笑著解釋些什麼，接著她消失在我的視線範圍裡。

車來了，我有點不安，擔心她會錯過了車，但回過神來才不禁啞然失笑，我自己也在等車呀！

上車，下車，車子駛離。

身旁有行李放下，我以為是女孩回來了，但轉頭一看才發現是一個歐巴桑，她隔著行李坐在中間的椅子上。

四張椅子，我順著視線數了數，接著女孩又走進我的視線，她手中多了一罐飲料，她直接走向那婦人，打算坐在她身旁的那張空椅子上。

但她才剛坐定，卻被那婦人推開。

『去裡面坐。』

所有人都在看著她們。

女孩起身，然後另一個女生順勢坐下，是那婦人的女兒吧！我想。

『妳有沒有禮貌？』

女孩開口，聲音果然是輕輕柔柔的，但卻足以令那婦人楞住，或者說令全場的所有人楞住。

『裡、裡面有位子呀。』

那婦人有點慌張，緊捉著她女兒的手，但那位女兒卻一副事不關己的表情。

女孩冷冷的瞪著那婦人，賭氣似的在她面前站定，寧願站著也不肯進去坐。

我發現在場的所有人都是一副看好戲的表情。

我開始有點佩服女孩的本事，既無須大聲嚷嚷，也無須咬牙切齒，就能令對手一陣緊張，並且明白自己是哪點惹人生氣。

『那我把行李拿起來給妳坐？』

我有點期待，但女孩卻是嫌惡的走開，丟垃圾，然後看了看錶，來回踱步，沒有想要再坐上的打算。

又來了一班車，她急急忙忙的走向站務員，然後又失望的走開，再看錶。

還好，看來我們是坐同一班車的；我有點竊喜，抬頭，意外的發現女孩正看著我，我一楞，轉開視線，再轉回視線時，發現女孩又抬頭望著天上的月亮了。

我覺得有點焦躁，還是點火抽了菸，舒舒服服的吐出煙霧，抬頭，女孩的視線望向我。

是不是介意我抽菸呢？我仔細的看著她的表情，卻又不像。

最後我才發現，應該說是她的視線望向我手中的那盒MARLBORO LIGHT。她的眼神裡有股情緒波動的味道，她毫不避諱的望著那菸盒，不在乎看人，也不在乎被看。

抽完，捻熄，跟著她也轉開了視線，我看見她拿出手機，想撥電話，卻又放棄，然後她嘆氣，再對錶，最後又望著月亮。

八點鐘，車子終於來了，站務員叫著號碼，我是第一個能上車的乘客，抬頭望向車內，我有點不安，不曉得女孩能不能也上得了這班車呢？

她看起來十分著急的樣子。

找了最後排的位子，放下行李，坐定，然後我望向窗外，還好，女孩是最後一個上車的，我放心的笑了笑，身邊的婦人有點不解的看著我。

——妳有沒有禮貌？

我突然又想起剛剛的那一幕，這樣理直氣壯的女孩很少見，她的脾氣應該不好吧？但在外人看來卻覺得那是可愛，我想這就是她獨特的魅力吧。

這樣直率的女孩，理直氣壯卻不至於得理不饒人。

出發，司機關了燈，車內只剩下幾盞微弱的燈光，是那種適合睡眠的亮度。所有人幾乎不約而同的睡著了，但女孩卻拿出紙筆低頭寫著什麼，她除非轉頭，否則是不會發現我正觀察著她的，我開始很高興選了這位子。

看著女孩的背影，不知道為什麼，我突然有種她正在流淚的錯覺。有點悶，我望向窗外想看看月亮，但我離窗戶太遠，看不到天上的月亮，只好再把視線放回那如同月亮般皎潔的女孩身上。

為什麼總是看月亮呢？我真想問問她。

車子北上，駛經台南時，女孩才終於停了筆，望向窗外，然後靜止不動。睡了吧？我想。

我看錶，八點半，這是遇見女孩的一個小時後，我第一次看見她靜止不動，或者說，終於能夠放鬆下來而不再焦慮，好像因此而安心了似的，然後我跟著也沉沉入睡。

當我醒來時是因為司機開了燈，我望著窗外，原來是要下交流道了；看錶，快十一點了呢！不知道女孩要在哪站下車？

朝馬站到了，我該下車的，但我看女孩動也不動，於是我做了一個決定。當車上的乘客陸陸續續的下了車，我才猜到原來女孩是要在終點站的火車站下車。

咬咬牙，就這麼決定吧。

終點站，女孩急急忙忙的第一個起身，車子甚至都還沒停靠好，她便走到了司機身旁先行等待；我猜她應該是那種缺乏耐心的女生，不知道是不是偏見，我開始覺得這樣缺乏耐心的表現在我看來卻越發覺得可愛。

停車，司機開了車門，所有人下車，我開始有點後悔為什麼選了這位子，當我好不容易下車時，女孩已不見了蹤影。

十一點，我和她的緣分有三個半小時，最接近的距離是十公分。

也就是說，把我的二十三年歲月換算成20,148個鐘頭裡，有三個半小時的時間，我把全部的注意力放在一個萍水相逢的女孩身上。

我只是在想，她究竟有沒有發現我一直在看著她呢？

過了馬路，我發現巷子裡有個熟悉的身影。

是她！她扭開機車鑰匙卻怎麼也發不動那引擎，我猜像她這樣急躁的女孩，應該是平常沒有熱車的習慣所致吧？而她太瘦，我看她大概也是搬不動那機車的。

我有點高興，有種無論如何也不想再錯過機會的念頭。

算了算距離：十公尺。三十秒後，我決定和她說話：

「車發不動？」

她先是微微受到驚嚇，轉頭看我，放心了些。

「要不要幫妳踩？」

『好呀，謝謝。』

她微笑，我第一次看見她笑，下意識的又看了錶，十一點零五分。

她開口，笑著說，臉上淺淺的笑容，差點就教我入了迷道：

『你也總是看著錶？』

「啊？」

『我們坐同一班車不是？』

她還是笑，笑得更深了。

原來她知道。

「對不起。」

我有點不知所措，只好這麼說，心底有種被揭穿的難為情。

但女孩卻笑著說謝謝，我楞了三秒鐘，原來是機車發動了。

「我沒有惡意，只是……」

『我知道，謝謝。』

「謝謝？」

『我在車上寫了點東西，謝謝你給我的靈感。』

我知道她是在促狹我，但是不知道為什麼，我有點想笑。

「我可以看看嗎？」

『如果再見面的話。』

「那還可以再見到妳嗎？」

女孩笑得更深，我真的好喜歡她的笑容。

『我欠你十塊錢。』

「為什麼？」

『剛剛當你抽菸的時候，我就在心裡和你打賭，我賭十塊錢你不會開口和我說話。』

我跟著又笑，我從來不相信一見鍾情，也不相信邂逅的存在，但看來我顯然錯了二十三年。

「那?」

『下星期六下午兩點，我會來這裡坐車。』

「好，那我賭十塊錢妳不會出現。」

『到時候再看看到底誰欠誰錢囉。』

「我希望能一筆勾消。」

『好呀，BYE。』

「BYE BYE。」

望著女孩的背影逐漸消失在我的視線範圍裡，我才想到居然還沒問她名字呢!

到時候可得記得先問。

□

雖然下星期我本來是不打算去高雄的，但我想我已經改變主意了。

於是一個星期後的下午兩點整，我懷抱著期待的心情準時出現在統聯車站，和其他所有人不同的是，他們等的是車而我等的是人，更正確一點的說法是，我等的是一個美女，一個焦躁的萍水相逢的搞不好可以成為我的初戀的美女。

當女孩出現的時候，我該說些什麼才好呢？

「妳好，我想認識妳。」

不行，這樣很蠢。

「我想認識妳，妳好。」

嘖！還不是一樣。

「我想妳是我的百分百女孩，妳喜歡村上春樹嗎？」

不賴，這感覺挺高尚的，就這麼辦好了。

不管女孩喜不喜歡村上那老頭，我接著就問她的名字，然後是電話號碼、接著是三圍尺寸——我在胡思亂想什麼呀！

應該問問她今年幾歲呀？是不是台中人呀？有沒有男朋友呀？這類的，對！等上車就接著問她這些。

不對！我跟著上車幹嘛？

我像個正準備上台演講的蠢小學生一樣緊張兮兮的，當我的思緒錯亂了一個小時之後，女孩還是沒出現，只有一個駝著背的老太太過來問我要不要買口香糖。

於是我嚼了五片口香糖並且抽了三根菸同時又喝了兩杯咖啡之後，女孩依舊沒有出現，倒是老太婆又過來問了我一次。

而時間是下午四點半。

女孩忘記了嗎？是不是搞錯車站了呢？該不會是在來的途中發生意外了吧？還是她當時壓根只是隨口說說尋我開心而已？

隨著時間一分一秒的過去，我的心情也越來越發沮喪。

我繼續又嚼了四片口香糖、抽了五根香菸、喝了三杯咖啡，雖然膀胱就快爆開來但卻連一次廁所也沒敢去上，因為我怕一轉身就錯過了女孩的出現，但顯然我是想太多了。

因為女孩始終沒有出現。

我和女孩的緣分只有短短三個半鐘頭的時間，於是在三個半鐘頭的等待之後，我決定接受被晃點了的這個事實。

當我起身踩熄第十一根香菸並且準備放棄的時候，我抬頭望著天空，看到月亮剛好露出臉來。

還是月圓呢！

我不知道女孩記不記得和我的約定，不確定她有沒有搭上前往高雄的班車，我只是在想，如果女孩又抬頭望著同一個月亮的時候，會不會想起她曾經和我打過的那個賭，賭我會不會和她說話，還有，她會不會出現。

女孩欠我二十塊錢，只是我不曉得該去哪裡向她收。

我只知道我對女孩一無所知。

□

其實要忘記女孩說來倒也不是件困難的事情，根據黃金失戀守則第一條：**失戀所需要的療傷時間往往是戀愛期間的一半**。而我和女孩相遇的時間只有短短三個半個鐘頭，所以理當只消兩個鐘頭不到的時間就可以克服失戀的痛，但由於對方是個漂亮的女生，於是我自動將這期間延長為一天以示尊重，也就是說在一天的自暴自棄並且懷疑我可能得孤獨終老之後，我陳某人便又重新活了過來。

再說我有嘟嘴可以打屁排遣無聊的上班時間。

嘟嘴是我們這間翻譯公司的開業元老兼靈魂人物兼地下老闆兼嘴巴嘟嘟的二十五歲女人；嘟嘴其實有個很美麗的名字，但我想她的嘴巴嘟得那樣性感可愛，於是直呼她為嘟嘴即可。

當初陳振庭決定開設一家翻譯公司的時候，第一個應徵進來的人就是嘟嘴。

其實陳振庭是一個連英文有幾個字母都不清楚的土財主，而之所以想開一間翻譯公司的原因很簡單，根據陳振庭單方面的說法是：翻譯公司聽起來好像很高尚的感覺嘛！

我所認識的陳振庭是一個只懂吃喝玩樂兼熱衷高爾夫球的大肚腩歐吉桑，而之所以熱衷高爾夫球的原因則和開翻譯公司的理由完全性的相同：因為聽起來很高尚的感覺嘛！

當陳振庭決定開翻譯公司並且幸運的應徵到像嘟嘴這樣能幹厲害的女人之後，陳振庭就像推卸責任似的、把公司全部的事情交代給嘟嘴全權負責，而至於他本人則完全性的沒再露面過；陳振庭只有在員工旅遊或尾牙春酒這方面吃喝玩樂的時候才會笑嘻嘻的湊一腳並且指定他要去哪裡。

要不是早知道陳振庭有小老婆的話，我真要懷疑嘟嘴是他的外遇對象。

『拜託！我有手有腳的、幹嘛拿我的青春跟陳老頭耗呀！』

嘟嘴總是這樣說，而陳老頭則是嘟嘴對於陳振庭的暱稱。

『而且我可沒辦法忍受跟一個老屁股睡覺。』

這也是嘟嘴說的，嘟嘴好像常常忘記她所謂的陳老頭兼老屁股就是我的老爸，並且嘟嘴最常忘記的是，我可是一個不折不扣的男人哪！

儘管和嘟嘴再熟，我還是很難習慣和一個女人大剌剌的談論關於性方面的話題，尤其是對方的經驗還比我老到。

『你該不會還是處男吧？』

嘟嘴總是喜歡踩我痛處，並且一踩就是最痛的地方。

嘟嘴常說她很難以置信我在女人最多的文學院混了四年卻完全沒有把到美眉，就連不是美眉的也沒把到過；其實我才難以置信她那副德行竟會有男人死心塌地的對她好，除了瞎了眼並且壞了腦之外，我實在不曉得還能說那男人什麼。

嘟嘴的男朋友幾乎像是公務員蓋印章似的，每天不辭辛勞的送嘟嘴來上班，並且還會主動去茶水室給我們所有人（其實也不過五個）泡上咖啡然後才心滿意足的離去，我常常懷疑這男的該不會是嘟嘴花錢請來扮演她男朋友的人，因為我始終無法接受為什麼竟連嘟嘴那樣的女人都有情人，而像我這樣的男人卻落得孤單二十三年的下場。

就是連陳振庭對女人都比我有一套！

恨！

『連丫頭那樣的女人都要結婚了，你會不會覺得心理不平衡呀？』

嘟嘴總是這麼刻薄我。

丫頭是我們五個人之一裡負責接聽電話的總機小妹兼行政助理兼祕書兼總務兼沒人想做的事全部推給她做的人，丫頭戴副眼鏡綁公主頭還梳劉海穿長裙並且偏好荷花袖口還有點暴牙並且不刮腋毛，是那種走在路上你連看都不會想要看，你就算看到也會情願自己沒看到的那種女生，沒想到這樣的一個女生都有人搶著要娶，坦白說這件事情的確帶給我相當大的打擊。

怎麼好像全世界只剩下我一個人孤單？

於是我心灰意冷簡直頭殼壞去的問嘟嘴那張壞嘴巴：

「坦白說我長得很醜嗎？」

『還不錯呀！』

「還是我不夠高腿太短嗎？」

『還可以吧！』

「還是我長得一副窮酸樣呢？」

『不會喲！你只差沒在臉上寫著請騙我錢而已。』

「那為什麼我的愛情一直沒出現呢？」

我忍不住仰天長嘆，而嘟嘴難得正經的盯著我瞧了三分鐘那麼久，最後她說：

『可能是你人太好了吧。』

「什麼意思？」

『你知道，一個女人這輩子可能會上過幾個男人——』

「喂！一大早的妳用詞也優雅一點好不？」

『哦，我的意思是，一個女人她一輩子可能會愛過幾個男人，但令她最懷念的往往不是對她最好的那個，而是對她最壞的。』

「男人不壞女人不愛？」

『我個人認為啦。』

「那是妳自己的品味有問題吧。」

『也是呀，但你問的不就是我的意見嗎？』

「嘖，總覺得跟妳說話真是浪費時間。」

『總之，你試試壞男人路線看看，搞不好連我都愛上你咧！』

「怎麼試？」

『我又不是男人我哪知道。』

嘖！果真是浪費時間。

□

所謂失去之後才懂得珍惜的這個道理，是我從丫頭的身上得到了最大的印證。

自從丫頭開開心心的嫁人去之後，她原先的工作全落在我這個年資最淺的倒楣鬼身上，在經歷了一個星期的打雜生活之後，我心灰意冷的建議陳振庭不如收了這個不賺錢的翻譯社也罷；結果陳振庭駁回我的意見，理由是把公司收起來的這種舉動未免太不高尚。

『怎麼啦？』陳振庭問。

於是我把從丫頭的結婚到我竟淪落為沒有尊嚴的打雜小弟的這件事情一五一十的告訴陳振庭。

『再找個小妹不就得了。』陳振庭說。

對吼！

於是隔天我把嘟嘴叫了來，並且很嚴肅的告訴她說我們再這樣下去也不是辦法，結果嘟嘴聽了之後撇了撇她的圓嘟嘴，說：想應徵新人就儘管直說，沒必要扯這些文謅謅的過時的沒創意的文藝腔。

「登報？」

『廢話。』

「職稱？」

『小妹呀。』

「不好吧。」

『祕書？』

「真沒創意。」

『事務執行長？』

「不錯嘛！挺高尚的感覺。」

於是嘟嘴當天找了報社登徵才啟事，而職稱是行政助理。

「妳從頭到尾只是在呼嚨我嗎？」

『我是呀。』

嘖！這嘟嘴婆。

面試。

這早我正悠悠哉哉的喝咖啡看報紙，嘟嘴就晃了進來說要我去面試應徵者。

「妳去呀。」

『你是老闆還我是老闆？』

「可是我沒經驗呀。」

『你沒經驗的不只這個吧？』

痛！

『好啦好啦！你想想陳老頭當初是怎麼面試你進來的就行啦。』

我想了想，說：

「我看你就來幹翻譯吧，雖然和嘟嘴相處是很辛苦，但我看就委屈你了吧。」

當然這是我亂說的，當初陳振庭的說法是：反正閒著也閒著，不如你選一家自己的公司待著吧。

於是我就挑了翻譯社。

『沒用！』聽完之後，嘟嘴用她的圓嘟嘴噴了一聲，才繼續又說：『要我面試也可以，但這娘兒們我可是不會錄取哦。』

「為什麼？」

『因為我討厭美女。』

美女？

一聽到是美女我馬上跳了起來三步併兩步的晃到會客室的外面偷看——

女孩！

「要不我練習一下面試人也好。」

我這麼對嘟嘴說，然後緊張兮兮的帶了杯咖啡進去。

女孩看起來很焦慮的樣子，她雖然端坐著不動，但眼神卻四處打量著，她十指緊緊交纏著背包的肩帶，乍看之下好像是一隻神經緊張卻又故作鎮定的貓。

不知道為什麼，我又想起那晚在統聯車站，女孩頻繁地看著手錶，一副迫不及待想要離開的姿態。

到目前為止，我所看到的女孩好像始終處於緊繃的狀態中，下意識的。

「咖啡。」

我將咖啡端到女孩面前，坐下。

『你好。』

女孩嘴角微微上揚，露出一抹淺淺的笑容，我從她眼中試著想要尋找一絲似曾相識的線索，但我只看到陌生並且禮貌性的微笑。

顯然女孩是忘了我吧。

我強忍住失望開始閱讀女孩帶來的履歷表，我用餘光看見女孩的眼神專注的凝視我，手指仍然緊繞著背包的肩帶，至於咖啡則完全沒有想要喝的意思。

五分鐘之後，我對女孩有了基本的認識。

台中人，在高雄念外文系，主修英文副修日文，今年剛畢業，沒有工作經歷。我看著她目前的通訊地址——

「離這裡滿遠的嘛！」

『嗯。』

「不想找個近一點的工作嗎？」

『距離對我來說沒有問題，而且我想在翻譯社工作。』

「為什麼？」

『我想當翻譯。』

「但這工作是行政助理，可以嗎？」

『可以的，因為沒有工作經驗所以馬上想當翻譯似乎有點困難，但我還是想在類似的地方工作。』

不知道是不是因為面試的關係，女孩的語氣明顯透露出緊張的情緒，她的緊張似乎傳遞到我的身上，因為我也覺得很緊張，不過並不是因為第一次面試的關係，而是因為女孩的本身。

妳不記得我了嗎？我以為我這麼問了，但實際上我問的是：

「這是妳第一次面試工作嗎？」

『不是。』女孩簡短的回答。

我做了個深呼吸，終於忍不住問了我最想知道的問題：

「妳那天有去嗎？」

『嗯？』

於是我仔細的說起在統聯車站的相遇，然後我幫她發動機車的事，接著是我們的約定和打賭，但我省略了後來的空等待。

女孩的回憶隨著我的敘述慢慢的恢復，最後她露出一個笑容，發自於內心的笑容，說：

『真抱歉。』

「沒關係的，只是沒想到還能再遇見妳。」

能再一次遇見妳真是太好了！我本來想這麼說的，但結果我沒有，我氣我沒有。

『真有緣。』

女孩淡淡的笑著說，然後掏出兩個十塊錢硬幣遞給我，說：

『欠你的，我輸了。』

我沒想到女孩會這麼做，沒想到能再遇見她，沒想到能收到我賭贏的二十塊錢，我楞得不知所措；沒想到我的不知所措卻讓女孩誤會這是我的生氣，她好像以為我會因此公報私仇而不錄取她似的，女孩起身，說：

『謝謝你的面試。』

女孩要離開了？我腦海裡閃過這個念頭。

「不！」

女孩嚇了一跳，跟著我也嚇了一跳，然後我露出尷尬的笑容，趕緊說：

「妳什麼時候上班都可以嗎？」

『嗯?』

「我希望妳能接下這份工作。」

『但是……為什麼呢?』

因為我喜歡妳!

當然我是沒有這麼說的,一方面是怕嚇到她,另一方面,這樣好像我很色的感覺。

「因為我想妳適合。」

女孩還是遲疑著。

要離開了嗎?

「或許兼著可以做翻譯也不一定呀。」

我只好又勸誘著。

『好呀!我的榮幸呢。』

女孩又淺淺的笑著。

「咖啡……」

『嗯?』

「咖啡很好喝哦。」

我記得這好像是我說的最後一句話。

女孩怎麼離開的？我不知道。

女孩後來說了什麼嗎？我不知道。

女孩有沒有喝那杯咖啡？女孩說了我們約定的那天她到底去了嗎？我一概一無所知。

我只知道當我在會客室回過神的時候，女孩已經離開了。

鬆了一口氣，不知道為什麼，這是當時我第一個閃過的念頭。

□

『鬆了一口氣的感覺？』

下了班之後我把嘟嘴找到小酒館（這家酒館店名就叫作小酒館）來促膝長談一番。

因為念在嘟嘴是個情場高手（這當然是她自己說的），所以我想或許聽聽這位男人終結者（這當然又是她自己說的，至於我則抱持著相當大的保留態度）的意見應該會有幫助才是。

「是呀！妳不覺得這感覺很怪嗎？在喜歡的女生離開之後應該是很捨不得或者悵然若失的才對呀！鬆了一口氣……怎麼想都不對嘛！」

『讓我這麼解釋吧！你很喜歡那娘兒們對不對？』

「是呀，一見鍾情呢。」

『一見鍾情？噗！真像是從三流小說裡抄來的對白台詞！什麼……你為什麼喜歡我呢？因為我對妳一見鍾情哪！……這一類的。』

「喂，我現在是很誠惶誠恐的向妳請教感情的問題，要糗我的話等我失戀了再說也不遲吧。」

『哦，那沒差吧，反正應該滿快的吧。』

要不是嘟嘴馬上又正經了臉色的話，我真會把義大利麵倒在她頭上。

『所以在喜歡的女生面前會緊張是很正常的事情對吧？』

「是呀！我緊張得連呼吸都快忘記了咧。」

『所以那娘兒們走了之後，緊張的感覺也跟著消失於是便鬆了一口氣，這樣很正常呀，搞不懂你擔心個什麼勁。』

「但是……」

我實在不曉得該怎麼清楚的分析我這莫名其妙的心理反應，尤其對方又是一個智商不高、滿口粗話、思考低級又嘴巴很嘟的女人。

『而且你該擔心的應該不是這個吧。』

「咦?什麼意思?小的洗耳恭聽ING。」

『她是個美女吧?』

「百分百的。」

『漂亮的女生怎麼可能沒有男朋友嘛!』

「愣。」

『就算沒有男朋友，也一定很多人追吧。』

「再愣。」

『就算沒有很多人追，眼光也一定很高吧。』

「三愣。」

『就算眼光不高的話，怎麼還是不會看上你的啦。』

然後我就懂了：

「妳說了這麼多，其實只是拐彎抹角的想羞辱我吧？」

『我是呀。』

我開始認真的考慮把義大利麵倒在她頭上了。

『其實我這是為你好哦。』

「洗耳恭聽 AGAIN。」

『先打碎你美好的幻想，這樣萬一你真的沒把到她的話，打擊就不會那麼大啦！這就是所謂的做最壞打算、抱最好期望、盡最大努力。』

「聽妳在放屁。」

『你聞到啦？』

「很難笑耶大姐。」

『嘖！大姐……其實你還是會有性的焦慮吧。』

「性的焦慮？」

『是呀！一想到那些十七、八歲的小公雞都已經嚐過禁果了，而你？』

「二十三歲。」

『而你二十三歲了卻只看過A片，連自己的表現如何都還無法確定，一想到這一點就會覺得很焦慮吧。』

「妳幹嘛突然說這個呀！」

而且音量還不懂得收斂，我瞄到對桌有兩個長相模糊的女生正對著我偷笑。

『談到愛情自然會聯想到性本來就很正常。』

「我覺得女生還是不要滿口性呀上呀這些的好。」

『老古板。』

「老色女。」

『小處男。』

痛！

我發誓我遲早要把義大利麵倒在嘟嘴頭上不可！

真是託了嘟嘴的福，害我一整天都焦慮得要命，不過可不是嘟嘴所謂的性的焦慮，而是只要一想到能和女孩同在這小小的翻譯社裡待上一整天，光是這個念頭就讓我相當的焦慮。

嘟嘴對於我錄取女孩的不良動機並沒有任何的意見，嘟嘴說反正這也不是什麼大不了的工作，其實誰來做這份工也沒有多大的差別，再說我們只是個不賺錢的小小翻譯社，女孩竟肯委身來做這打雜的工作也該算是她頭殼壞去。

其實我一直很擔心嘟嘴會仗著老鳥的姿態欺負女孩，但顯然我是多慮了。

女孩熱心工作的態度幾乎無可挑剔，女孩總是準時上下班，精準的程度幾乎就要到了分秒不差的地步；女孩一坐到辦公桌前就開始忙碌的工作，就算是該做的事情都做完了，她也會主動找些什麼事情來忙碌，乍看之下很像是一個上緊了發條的機器人，只是發條的開關在她手上，而她不願意將發條放鬆。

很明顯的。

女孩過分熱心的工作態度和我們這四個懶散成性的墮落人種形成了極大的對比，她工作的四周總是乾乾淨淨的，最後這份乾淨隨著女孩擴大到整間辦公室，女孩甚至還準備了種類齊全的茶包咖啡零食放到茶水間去，用心的程度是到了就算把茶水間改裝小小的咖啡館也不成問題的那種地步。

女孩以一種過分熱心的姿態工作著，以一種完全不容許絲毫停止的熱心工作著。

我和嘟嘴討論過這個問題，在小酒館裡（當然，還是那家就叫小酒館的小酒館），相較於我的仔細觀察，嘟嘴則完全性的認為這並不成問題，因為她只是吸了吸她的圓嘟嘴，然後說：

『這沒什麼嘛！一般新進的人總是會表現出一副熱心工作的態度呀，一方面是希望能給人留下良好的第一印象，另一方面則是因為和同事都還處於陌生的階段，不知道能聊些什麼，所以只好把注意力都放在工作上面囉。』

「不，不只是這樣，她那種熱心工作的態度並不是一般新人的那種表演熱心的模樣，而是好像出自於完全不想讓自己放鬆的那種熱心的感覺。」

『聽不懂。』

「我的意思是——」

『我說你呀，』嘟嘴很沒禮貌的打斷我的分析，而她接下來說的話更沒禮貌：『對於喜歡的女孩卻又不敢主動接近她而只敢偷偷觀察的話，恐怕一輩子都告別不了處男的行列哦。』

「……」

其實並不是我太懦弱不敢主動接近女孩，事實上包含我在內的這四個懶惰人種都不曉得該怎麼找女孩攀談，這並不是說女孩給人的感覺冷淡或是難以相處這一類的，相反的，女孩的嘴角總是掛著一抹淺淺的笑，禮貌性的那種；我們曾經試圖找女孩聊天，而女孩總是微笑著傾聽，但是如果遇到想要多了解她再更進一步的問話時，女孩總是選擇最簡短的回答，然後再以微笑巧妙的讓話題結束。

女孩的周圍好像有一層透明的膜，她出不來而別人也進不去，透過那層透明的膜，女孩以她選擇的方式和旁人保持著安全的距離，以一種不侵犯別人的生活並且也不容許別人侵犯她的生活的這種距離安然的存在著。

只是我不曉得倘若褪下了那層透明的膜之後，女孩會是什麼樣子？

女孩一直帶給我一種神祕的感覺，我經常反覆的閱讀她當初帶來的履歷表，然而除了最基本的資料以外，實在是怎麼也讀不出來什麼更深入的了；除了最基本的資料以外，對於女孩，我仍然一無所知。

女孩甚至連午餐也不和我們一起。

一起午餐一直是我們這間小小的翻譯社的習慣，以前我們總是五個人一起午餐，有時連下班之後也是五個人在一起晚餐，但是自從丫頭走了女孩來了之後，我們就一直維持著四個人的這個數字；女孩很明顯的沒興趣加入我們的社交圈。

每到午餐的時候，女孩總是最後一個離開辦公室的人，而午餐時間結束時卻又是第一個回來的，有時候我難免懷疑女孩會不會其實沒有外出用餐呢？但有次我途中回到辦公室時卻沒看見女孩。

甚至我們每天變換午餐的地點也從來沒遇見過女孩。

女孩一直是個神祕的人物。我真這樣覺得。

□

為了慶祝陳振庭成功的把曾翔琳（即他老婆兼我媽媽）氣回娘家，陳振庭樂得帶我們兄弟倆上飯店晚餐，並且為了不刺激我這個沒有女人緣的兒子，陳振庭還特地和陳志耀（即他兒子兼我弟弟）說好了不帶女朋友同行（當然這裡所謂的女朋友是兩個不同的人，不過年紀只差了一歲）。

在別人看來我們這樣的家庭應該不算正常吧？不過我更能肯定的是在別人看來陳振庭絕對不管從任何角度看來都不像個有錢人，反而比較像個黑道大哥。

有必要形容一下陳振庭的外表。

陳振庭留了一頂看起來好像殺過兩、三個人的捲平頭，他並且不分早晚的堅持隨時戴著雷朋墨鏡，陳振庭總是穿著一套看似地攤貨但其實是亞曼尼的黑西裝，裡頭是白色汗衫而腳下踩的是一雙白布鞋。

記得我國中的畢業典禮上，身為家長會會長的陳振庭上台致詞時，他這身打扮還引起了全場女生的驚呼——

好可愛！

好像除了我以外的每個人都認為陳振庭土得很可愛（很可能他本人也這麼認為），為此我甚至還問過陳振庭那個和我同年紀的小女朋友，結果她反而奇怪難道我不認為陳振庭是個三百六十度的可愛歐吉桑嗎？

從此我一直覺得我和這個世界格格不入。

三個男人的燭光晚餐。

陳振庭一直驕傲於他把曾翔琳氣回娘家的這件事情而炫耀得說個不停，至於陳志耀則是忙碌的視察這附近有沒有可以泡的美眉，而我卻是突然想起敏萱——不知道現在的她過著怎麼樣的生活呢？好久沒想起她了。

敏萱……

『燒姐，這支吸管破去囉，哇ㄟ嘎逼訴抹企，ㄟ賽幫哇換一支抹？』（台語發音）（很聳的台語發音）（從良黑道大哥的很聳的台語發音）

陳振庭在和那支破吸管奮鬥了五分鐘之後，終於放棄似的，很不好意思的向服務生求救，至於陳志耀則在一旁以誇張的不自然的聲調數落著陳振庭的土裡土氣。

當我看到他們父子倆同時眼睛一亮時，我就可以猜到八成對方是個美眉，於是也趕緊抬頭瞧瞧貨色——

女孩！

「是妳。」

『是你。』

我和女孩異口同聲，至於那兩個好色之徒則是在一旁忙著不讓口水流下來，我猜待會等女孩走了之後他們八成會猜拳決定誰可以把妹。

「妳在這裡打工呀？」

『是呀，真巧又遇到你。』

「這是我爸跟我弟。」

女孩向這兩個色得很明顯的不肖之徒點頭微笑致意以後，就馬上離開了。

還是平常那副不多說話的模樣。

等女孩折回來把新的吸管拿給陳振庭之後，也只是簡短的說了一句請慢用，然後就隨即離開了。

不過託女孩的福，陳振庭總算把話題從成功的把曾翔琳氣回娘家的這件事情轉到關於女孩的問題上，而陳志耀則不再色瞇瞇的逐一打量附近的美眉。

『你朋友？』

「嗯。」

我敷衍的回答。

我可不想讓陳振庭知道他的翻譯社有這樣一個漂亮女生而讓他老人家沒事就跑來閒晃，正如我可不想讓女孩誤會我們翻譯社的老闆原來是個黑道大哥而嚇得隔天馬上遞辭呈。

其實我真正在想的是——女孩缺錢嗎？為什麼下班後還要兼差打工呢？

我一向認為談論星座是一件相當愚蠢的事情，但是對於嘟嘴指稱我是龜毛座的這件事情，我本人倒是完全性的沒有任何意見存在的。

女孩是不是缺錢的這個問題困擾了我將近一個星期左右，而關於思考該如何開口向女孩確定是不是缺錢並且不造成她的尷尬則又花去了半個月的時間，而當我有機會和女孩做更進一步的接觸則是一個月以後的事了。

那是一個相當火熱的近距離接觸，因為女孩在茶水間不小心轉身將我手中的熱咖啡灑在我的大腿上。

更正確一點的說法是，女孩在茶水間不小心轉身將我手中那杯剛煮好的熱咖啡灑在我大腿接近輸尿管的那個部位。

『對不起！』

女孩是一臉的慌張，而我則強忍著快飆出來的眼淚以及可能會因此而絕子絕孫的憂慮擠出一張比哭還難看的笑容說沒關係；滾燙的熱咖啡灑在我尷尬的部位，但最尷尬的是女孩竟就抽了兩張面紙沒多想的就要替我擦拭，我嚇得連退兩步，直說：

「不不不，我自己來就好了。」

『我幫你把褲子洗乾淨賠罪吧。』

「愣……現在脫下來給妳嗎？」

我下意識的反問，但女孩卻以為我這是在開玩笑於是忍俊不住笑了出來。

我醉了，醉在女孩的笑容裡。

當下我是只有這個念頭的。接下來我腦子裡出現了這輩子最關鍵性的靈光乍現——

「不如妳補請我喝杯咖啡吧。」

『咦？』

「午餐。」我緊張兮兮的清了清喉嚨：「可以和妳一起吃午餐嗎？」

女孩顯得為難，但她瞄了我褲子上的咖啡漬一眼，猶豫了三秒鐘之久，最後說：『好吧。』

好吧。

在回家換乾淨褲子的路上，我的腦裡一直反覆著女孩所說的：『好吧。』

好吧。那是怎麼樣的心情，用怎麼樣的語氣，傳達出怎麼樣的訊息呢？

我不得而知。

『你蹺班呀？』

橫躺在沙發看購物頻道的曾翔琳打斷了我的思緒。

「回來換一下褲子而已。」

『你上班上到尿褲子呀？哇哈哈～～』

說完曾翔琳一副自己覺得很幽默的笑了起來，一副智商不高的模樣，難怪當年會嫁給陳振庭並且生出陳志耀那種兒子出來。

我搖頭嘆息換了褲子就出門，急急忙忙的趕到和女孩約定的餐廳。

走進玻璃門，我看見女孩端坐在靠窗的位子上，她偏著頭將視線望向窗外的街景，並沒有特定的注視點，只是很單純的將視線擺向窗外。

我看不透女孩此刻正在想著什麼。

如果我是導演的話，我會毫不猶豫地給此時的女孩一個電影的長鏡頭，並且一鏡到底、就此停格；但因為我不是，所以我只是給女孩一聲嗨，然後在她面前坐定。

女孩回過頭來淺淺微笑，淺得幾乎不帶任何表情。

女孩的周圍仍有一層透明的膜，那是無聲無色無形無狀的保護色。

我沒有把握能不能走進那層膜裡，不知道該怎麼褪下它。

「妳不用餐嗎？」

點完餐之後，我疑惑的看著女孩面前那杯孤單的熱咖啡。

雖然它只是一杯極普通的熱咖啡，白色的瓷杯依舊冒著蒸騰的熱氣，但不知道為了什麼，我就是直覺它的名字叫作孤單，或許是因為女孩。

我不確定。

『我沒有吃午餐的習慣。』

為什麼呢？我凝視著女孩單薄的身影，在心底皺起了眉頭。

『我對吃沒有興趣。』

像是看透了我的疑慮，女孩隨即又說。

「討厭吃東西嗎？」

『也不是，只是很單純的沒辦法只吃東西。』

「啊？」

『吃東西的時候就是只能很單純的吃東西吧？』

「啊？」

我實在不想自己像個白痴一樣只會張開嘴巴發出啊的聲音，但問題是我發現這對我來說實在很難。

如果嘟嘴在的話情況或許會好一點，起碼嘟嘴聽了之後會想到問題反問然後讓話題得以繼續，像是……像是……

「什麼意思呢？實不相瞞我不太懂妳的意思。」

於是我選擇據實以告。

女孩笑了笑，說：『如果只是單純的吃東西時，我總是會一邊吃著一邊亂想些什麼呀。』

「妳不喜歡想事情呀？」

『嗯，討厭想事情。』

「但是為什麼呢？」

『因為總是會想到些不好的事情呀。』

「不好的事情？」

『不好的事情。』

很明顯的，女孩不願意再繼續這個話題。

「那妳午餐時間都怎麼辦呢？」

『隨便逛逛囉。』

這就是妳一直讓自己保持忙碌的原因嗎？我實在很想問問女孩，但我沒有把握她是不是願意回答。

『所以我晚上才又打工的。』

「啊？」

『還是解釋一下比較好吧，畢竟你是老闆呀，老闆總是不太喜歡自己的員工下班後還兼差的吧。』

「不……其實我不算老闆。」

『嗯？』

「那是我爸的公司。」

『這樣呀。』

「因為想保持忙碌所以晚上又去打工，是這樣的意思嗎？」

『是呀，我這個人呀，只要一放鬆下來就會不由自主的開始想事情哦。』

「想不好的事情？」

『嗯，多半是。』

究竟是什麼呢？這所謂的不好的事情。

我們各自陷入沉默，我是正在思考所謂不好的事情的這件事，那麼女孩呢？雖然我們現在的距離是這麼樣的接近，可我卻仍然感覺到女孩其實依舊距離我好遠好遠。

「對了，記不記得我們第一次遇見的那天？」

『在統聯？』

「欸，但更正確的說法是，下車時在巷子裡。」

『記得呢，你還幫我發動機車，你是個很溫柔的人哦。』

「呵呵。」

女孩突然的說，我不知所措的只能傻笑。

『怎麼樣嗎？』

「哦，對哦。」我趕緊把思緒拉回來，清了清喉瀧，說：「妳那時不是說在車上寫了些東西嗎？」

『是呀，謝謝你給我的靈感呢。』

「可以問是什麼嗎？」

『小說。』

「啊？」

女孩定定的望著我，最後說：『要看看嗎？』

「要。」

然後女孩淺淺的笑著，笑著望著我，淺淺的。

迷亂。

不知道為什麼，當時我心底突然浮出這兩個字，或者應該說是，這個感覺。

女孩給我的感覺是迷亂。

□

我原來以為女孩的意思是她會將寫的小說帶到翻譯社來讓我看，但沒想到她結果卻是讓我直接到她的住處。

『因為我今天晚上不用打工。』

「怕沒事做的話又會開始想事情嗎？」

『BINGO！』

女孩露出了她這個年紀該有的淘氣笑容。

於是下了班之後我便隨著女孩到她的住處。

真是有夠遠的！我實在難以置信女孩竟能每天這樣舟車勞頓卻仍甘之如飴。

女孩住的地方是一棟有管理員的看似門禁森嚴的大廈，我抬頭望向女孩指著的一扇亮著燈的窗戶，隨口問道：

「妳家人已經回來啦?」

『家人?』

「看起來好像有人在家呀。」

女孩笑著搖頭:『我習慣把燈開著。』

「是因為怕黑嗎?」

當電梯上升至五樓時,我問了這個問題。

『也不是,只是討厭回家時沒有一盞燈亮著而已。』

當女孩回答完畢的時候,電梯已經到達十八樓了;女孩說話的速度很慢,我到現在才發現,不過這也是沒辦法的事情,畢竟之前一直苦無機會和女孩深談。

但究竟是為了什麼,女孩竟願意讓我到她的住處閱讀她的小說呢?我們甚至稱不上熟識呀。

這是我第一次有機會參觀女生的房間。

在我的觀念裡,曾翔琳充其量只是歐巴桑而不是女性;至於嘟嘴則是恐龍而非人類,當然我這麼說並非在暗示我準備趁機幹出什麼令人髮指的勾當來,只是很單純的陳述這件事而已；再說，不曉得是不是我的錯覺，我一直覺得女孩好像並沒有把我當成異性，或者應該說是，在她眼中，我們的相處並不需要性別的存在，我想這對我來說是有點糟的情況。

「妳一個人住？」

女孩打開大門之後，我驚訝的環顧這每盞燈都被打開了的一房一廳的公寓，驚訝的原因並不是女孩獨居卻住這麼大的地方，而是因為這麼大的地方卻仍被女孩用東西堆得滿滿的；我迅速的打量著，發現很多是連包裝都還沒拆封過的，並且大多是以電器用品為主。

不知道是不是職業病使然，當下我的腦海裡馬上聯想到吉本芭娜娜的廚房裡，那對酷愛買電器用品的母子（父子？）。

『不好意思，東西堆得到處都是。』

「妳看起來很愛買東西呵。」

『是呀，我討厭空盪盪的感覺。』

孤單。

藉著買東西來填滿孤單？

『想喝點什麼嗎?』

女孩打斷了我的思緒，問。

「都好。」

然後女孩就在廚房吧台(一個人的廚房竟還有吧台!)上的咖啡機前開始煮起咖啡來;真的不是我眼花，但那咖啡機就和飯店裡的專業用咖啡機沒有兩樣。

「妳一個人……」我吞了吞口水，試著把驚訝吞進肚子裡;「妳一個人用這麼專業的咖啡機呀?」

『欸!看到這台咖啡機時，心裡就有種無論如何也想買下它的念頭。』

果真是要具備無論如何也非得做到的信念才會幹出這種事吧。

『其實也沒寫什麼，斷斷續續的，只是先把想到的東西寫下來而已。』

女孩端來了咖啡，一邊拿出她手寫的稿子一邊說。

我於是一邊喝這專業的咖啡，一邊仔細的閱讀女孩的手稿。

正如女孩所說的，實在只是斷斷續續的，完全看不出來故事的內容到底想表達什麼，並且字跡都顯得相當潦草，甚至當中還夾著好幾張看來是用咖啡館裡的餐巾紙所臨時寫下的。

我實在怎麼也說不出感想，只好選擇問道：

「那妳想寫什麼樣的故事呢？」

『還沒想清楚，但男主角會死掉。』

女孩幾乎是沒有考慮的回答，感覺好像故事的本身並非重點，而重點是只要男主角死掉就好。

「啊？」

『因為死掉的人比較值得原諒嘛。』

「愣。」

好耳熟的一句話——

「村上春樹的《挪威的森林》？」

女孩先是一楞，接著才恍然大悟的說：『對哦。』

我們各自沉默了好一會，最後是女孩打破沉默，說：

『但它死掉的不是男主角，真可惜。』

「可惜？」

『是呀，你有沒有發現？好像每個出現過的女生都會和男主角發生關係不是嗎？』

「好像是哦。」

『真是該死，你不覺得嗎？』

「因為他和很多女人上床？」

『因為他心底明明最愛女主角，卻仍然可以和別的女生發生關係，就算是不認識的也是。』

「呵呵。」

我實在很不願意，但我當下卻只做得出傻笑這種近乎白痴的反應，由此可證我果真是曾翔琳的親生兒子沒錯。

『你會不會覺得我的想法不太對？』

「嗯……還好啦，反正只是小說嘛。」

『但我的男主角是確有其人哦。』

「妳男朋友？」

『前男友。』

「怎麼分手的？」

『因為他死掉了。』

「啊？」

『被我殺死了。』

「吭？」

『開玩笑的。』

女孩最後說。

我大概是八點左右從女孩的住處離開的，但是一直到隔天早上八點時，我卻仍然了無睡意，女孩說過的話反覆的在我的腦海裡播放，雖然和女孩有了進一步的交談，但女孩給我的感覺卻仍是遙遠而迷亂的。

遙遠，而迷亂的。

我後來再次閱讀女孩的履歷表時才發現，原來那天其實是女孩的生日。

孤單。

女孩怎麼會孤單成這樣呢?就是連一句:『今天是我的生日哦!』也怯於說出口。每每想到這一點,我的心就好像給打了死結一般,糾結到心痛。

□

所以我和女孩就從苦無機會深入交談的同事進一步變成偶爾能夠一起午餐、女孩不用打工的晚上一起在她的公寓喝杯專業咖啡的普通朋友。

應該是這樣解釋的沒錯吧?其實我沒有把握。

我總是想,在女孩的眼中,我到底算是她的誰呢?只有兩個人的午餐和咖啡之約是不是可以算是約會呢?

這種迷亂的狀況常令我想起多年前曾經流行過的一首歌:你我到底算不算是一對戀人?

『當然嘛算!這不是約會是什麼?讀書會哦?』在小酒館裡,嘟嘴大驚小怪的嚷嚷著:『我是那種堅信男女之間絕對沒有純友誼存在的人。』

「那我們?」

『哦?在我心中你充其量只是個娘兒們。』

娘的。

『而且你對她喜歡得這樣明顯，我不信她會感覺不出來。』

「會不會她對我的感覺就像妳對我的感覺一樣?」

『你問我哦?你何不直接問她比較快呢?』

「我要是敢問她現在幹嘛還和妳在這裡耗。」

嘟嘴兇狠的瞪了我一眼，我下意識的摸了一下頭頂是不是有被她倒下來的義大利麵。

「我的意思是，我一個大男人的，總不好軟綿綿的問說：欸!妳喜不喜歡我呀?這不是很娘嗎?」

『你本來就——』

嘟嘴突然瞄到我拿起了義大利麵，於是她識相的閉上了圓嘟嘴。

『但是這樣無法確定關係的曖昧下去不難過嗎?喜歡的女生就近在身邊卻不能以情人的身分動她不是很痛苦嗎?』

「喂！我很珍惜她的，希望妳不要對她用這樣粗俗的字眼。」

『嘖！男人就是這樣。』

「哪樣？」

『只會珍惜自己喜歡的女生，不喜歡的就隨便糟蹋亂開玩笑。』

嘖！明明都是嘟嘴在糟蹋我的多吧！

『其實我搞不懂你幹嘛老把事情複雜化。』

「此話怎講？」

『明明只要一句：喂！我很喜歡妳哦！妳咧？妳對我什麼感覺？就好啦，卻偏要自己在這鑽牛角尖，請容許我提醒你一件事。』

「在下願聞其詳。」

『你再這樣下去的話……』

「怎麼？」

『小心你的輸尿管一輩子就只能做輸尿用。』

娘的！

『我實在想不通，直接告白有那麼難嗎？明明喜歡成那樣。』

「但萬一告白失敗，最後連朋友都當不成的話，那我會含恨而終的。」

『我最討厭這種說法了。』

嘟嘴突然嚴肅了起來，我下意識的又摸了摸頭頂。

『其實你知道嗎？被喜歡的人也有被告知的權利。』

愣！真是一語驚醒夢中人！這大概是我認識嘟嘴以來她說過最正經的一句話了。

『什麼愛在曖昧不明時最美的論調簡直是沒用沒種活該絕子絕孫的狗屁說法！』

看嘟嘴氣成那樣，我實在忍不住想確定一件事——

「妳是不是來月經呀？火氣大成這樣。」

『男人沒一個好東西！只要女人情緒差一點口氣重一點都一律都是來月經！你他媽的才來月經！王八蛋！』

唔……好兇。

這不是來月經是什麼？

受到嘟嘴這番語重心長的激勵之後，我決定無論如何也要向女孩做出告白。

我於是在心底開始研擬對策。

例如說，女孩問我午餐要吃什麼？我就回答：我喜歡妳。

又或者，女孩說她今天不用打工，我回答：我喜歡妳，而且很久了。

再不然，女孩說夏天好像要過去了，我則回答：我喜歡妳，而且很久了，妳呢？

總而言之，不管女孩說什麼，老子我都要發狠了似的把對她的喜歡告訴她。

儘管我的意志是如此的堅定，堅定到就算女孩說她要去一下洗手間我都要先把她攔下來聽我的深情告白，但我怎麼也沒想到，女孩卻說出了一件令我難以接話的事情——

『給你看一樣東西。』

女孩說，沒等我反應過來，她就將左手的那只SWATCH大錶取下，隨之映入我眼簾的，是那蒼白手腕上的一道清晰的傷疤。

我的心開始往下沉，下沉；而女孩卻仍是一臉淡淡的笑，淡得不見任何表情的，笑。

迷。亂

「怎麼會？」

『你想人為什麼會想在身上劃出傷口？』

「因為痛苦？」

『我本來也是這樣以為的，但後來我才發現，那只是希望傷心能夠有地方可以放。』

「因為妳的前男友？」

『你有沒有遇見過什麼令你終生難忘的人？』

女孩不回答，卻問。

妳呀……

我以為我說了，但結果我沒有，我只是怔怔的望著女孩，望著女孩臉上迷亂的笑容，然後，心，痛著。

我想我是有點軟弱。

『我遇見過一個堅持穿高中制服的男生，他是我大學的學長，也是校園裡的話題人物，但我不確定這跟他穿制服的這件事情有沒有關係。』

「為什麼會想這麼做呢？」

『是一意孤行的以為這麼做的話就能讓時光停留在他想要的那個時候吧，很蠢，對不對？』

「他就是妳的前男友嗎？」

『好像是吧。』

「好像是吧？」

『問你一個問題，要如何才能確定一段關係呢？』

女孩的問題問進了我的心底，於是我據實以告：「我不知道。」

『我一直以為我們該算是情人的，至少我們一直是以情人的姿態出現的，情人該做的事情我們一樣也沒少過，約會親吻擁抱做愛……一樣也沒少的。』

「那怎麼會？」

『一開始他總是對朋友介紹說我是他的女朋友，我當時還不高興呢！怎麼我沒有名字嗎？怎麼我的名字就叫作他的女朋友嗎？但後來，我變得好懷念那段時光，那段我的名字就叫作他女朋友的時光，好懷念呀！這是不是他堅持穿著高中制服的原因呢？我問過他嗎？真的想不起來了呀。』

「後來怎麼了？」

女孩沒有說後來怎麼了，她彷彿時光倒置了，女孩逕自說著，她好像忘記了此刻在她身邊的人是我，此刻。

『我好像小丑一樣，跟他在一起的時候，我總是用心的打扮，我怕他會看不到我的存在，我總是用盡力氣的說話大笑，我好想他會因此而多看我一眼；跟他在一起的時候，他的眼神總是望著某個方向，他明明就在我的身邊，可感覺卻是那麼遙遠，好累，我愛他愛得好累。』

就像我們現在嗎？

『白色 MARLBORO，他抽的菸。』

我順勢望向桌上我的菸盒，想起初見面時女孩的眼神。

「為什麼那天要急著離開呢？」

『嗯？』

「我們初遇見的那天，統聯車站。」

『那天我剛從醫院探完他回來，最後一面，真的好想快點離開呀。』

「怎麼了？」

『自殺。』

「……」

『很過分對不對？他愛的人不是我，就是連死了也不是為我，他走得這樣乾脆，卻要留下來的我為他悲傷，想來，我到底算是什麼呢？』

「所以之後妳是要回去參加他的葬禮嗎？」

『本來應該是的，但結果我沒去。』

「為什麼？」

『不想再踏進那個地方了，連呼吸到那裡的空氣都會教我難過；我那天在手腕上劃下這道傷口，就像我說的，我只是希望我的傷心有地方可以收藏。』

「問妳一個問題，為什麼突然要告訴我這些？」

『你對我的好我都知道，你的感情我也都明白的，不可能感受不到的不是嗎？』

「所以妳不想接受？」

『我發現我太愛一個人的時候，我會變得很不快樂；沒辦法再那樣了，沒辦法再用盡力氣去愛一個人了，因為我的愛情已經在一生一次的付出中融化殆盡了，如果我用這樣的自己來接受你的感情，那不是很自私嗎？』

「我的答案是妳。」

『嗯？』

「妳剛剛不是問我嗎?有沒有遇見過令我終生難忘的人?是妳，我遇見過最特別的人是妳。」

女孩閉上雙眼，落淚。

「如果可以的話，我還想告訴妳，能夠遇見妳真是太好了，真的，太好了。」

『謝謝。』

這是我和女孩最後的談話，隔天我到翻譯社時看見門縫有一封女孩寫的辭呈，我想女孩大概是趁夜送來的吧。

女孩不想和我們道別，我會永遠記得，有個女孩，我遇見過的最特別的女孩，她還欠我一聲再見。

妹妹

認識妹妹卻又失去妹妹以後，我學會到一件事：被愛卻孤獨。
被愛，卻孤獨。
我是，
或許妹妹也是。

之一

妹妹其實有她的名字，只不過我們都跟著鴨鴨喊她作妹妹，時間久了倒真也把她的名字給忘了，不過妹妹很喜歡我們這樣喊她，說是每次被喊妹妹時總會有種被寵愛的感覺，這樣一來她就可以對我們為所欲為，毫不客氣，而事實上我懷疑就算我們不喊她妹妹的話，她依舊會對我們為所欲為毫不客氣。

我們是一群外宿的學生，由於學校地處蠻荒的關係，我們對於租屋的選擇實在不多，記得放榜時我還專程來到這學校附近認識環境，結果我懷疑我只能租到一片農地睡在田中央，而早上會被附近的雞圈叫起床，每天還可以喝到現擠的牛奶，時間久了我會連網咖是什麼都不曉得，看到麥當勞時還會感動得掉下眼淚來。

正因為我們的選擇是這麼的有限，所以我們外宿的學生幾乎都同住在一棟樓裡（這裡並沒有公寓的存在，而是臨時隔出空房間的透天厝），我們的房東是這個鎮上的大地主，他頂著一個相撲選手級的大肚皮，長得相當和藹可親，看起來就是很好欺負的樣子；其實我會這麼以為並不是沒有道理的，因為當註冊那天，我按著學校網站上所提供的資料找到房東的這房子時，第一眼就看到妹妹她們四個女生正和房東嘻嘻哈哈有說有笑的，但是當我走近一聽清楚他們的談話時，才明白原來妹妹是在嘲笑房東的大肚皮和辦事不力、並且要求這要求那的，我甚至還聽到她說想要按摩浴缸。

這就是我對妹妹的第一印象，愛欺負人，並且很擅長。

那天房東完全無視於我的存在，他一直陶醉在被四個年輕美眉所包圍的幸福感裡，最後還是鴨鴨提醒他我的存在，房東一副嫌我很囉嗦的表情（但從頭到尾我只說了我來看房子這句話），接著丟給我一支鑰匙，說是男生樓層只剩下一個房間要我自己去看，然後他就跟在這四個女生的後頭走出去了。

我當時感覺相當不爽，但心想既然來都來了還是看看也罷，但爬上二樓之後才想到房東並沒有告訴我房間在哪，我於是只好認命的一間一間找起，還好第一間就被我試到了，但不好的是洗衣機就放在我門口，這代表我隨時得被洗衣機的運轉聲還有洗衣者的談笑聲所打擾，搞不好混熟了之後室友們還會打電話要我替他們看看衣服洗好了沒有。

但我打開門一看到房間裡的格局時就完全性的投降了：它的房間寬敞，傢俱全新，不但附冷氣而且浴室裡竟還有浴缸，我當下心想如果價錢不壞的話就這麼決定了。

下樓之後我不見他們五個人的蹤影，倒是有一團噪音從對面的房子由遠而近的傳過來，我走到門口剛好遇到他們向我走來，我聽見房東指著這一排的透天厝，得意洋洋的說：『這攏哇A。』

我聽了之後著實很替他捏把冷汗，因為我怕妹妹會眼見房東是個毫無心機的暴發戶而緊接著要求說房子還要加蓋游泳池。

『安怎？』

房東問我，我說還不錯接著問他多少錢？他瞄了四個女生一眼，然後說出一個便宜到我以為他在開我玩笑的數目，我趕緊點頭表示成交，最後房東說那就一起回他家簽約吧。

房東和四個女生總共騎了三台機車，而我則是鑽進我的紅色轎車裡，我在關上車門的時候看見妹妹瞥了我一眼，那眼神彷彿是在表示：真是個油腔滑調的痞子會開的車子。

我不安的從後照鏡裡檢視我的茶色頭髮還摸了摸我的左耳環，回過神時才發現他們人已經消失在轉角了；我趕緊踩油門跟上，好像前一刻還看到他們的背影似的，下一刻我就跟丟了，沒辦法我只好在路旁暫停，掏出手機打給準房東。

還好這裡是淳樸的小鎮，否則我肯定車子會被拖吊，因為我明明記得就聽到房東說好好他馬上過來帶我，可是我一等卻等了快半個鐘頭。

這次我跟著房東到了他家之後，他還是要我等，說是那四個女生簽好之後就換我了，大概是少了那四個女生的關係，此刻房東才想到我也是個人似的，開始和我交談。

當我們聊完我的學校科系正談到房東是多麼多麼的富有（他居然不設防的告訴我這個初見面的陌生人說他光是遺產稅就繳了三千萬），這個時候她們又嘻嘻哈哈的走出來。

『來去。』

妹妹說，然後房東又忘記我是個人，笑呵呵的跟了出去。

房事搞定之後我在回去的路上打了電話給佳穎約她一起晚餐，結果佳穎算了算時間說她今天可能要加班所以問我要不要等她？我說好呀沒關係老地方見然後我就開車上路了。

每次和佳穎敲定約會的時間總會讓我想起那個咖啡廣告——再忙也要和你喝杯咖啡——不過顯然佳穎遠比那廣告女主角還要來得更忙，所以她經常是連喝杯咖啡的時間也擠不出來給我的，但是想想其實也無所謂，反正我本來就不是很喜歡咖啡的個性。

到了我們常去的餐館，在等候佳穎的時候，我開始思考著我們一路走來的交往過程。

七年。

從高職起就是班對的我們，沒想到好像才一轉眼似的我們已經在一起七年了。

七年前我們都還是蠢模蠢樣的十六歲小孩，而七年之後的現在，佳穎儼然已經是個被工作忙得透不過氣來的女強人，但我卻依舊停留在學生時代。

七年。

七年的時間會把情侶變成什麼？七年的時間會把情侶變成一對感情淡得沒有味道的老夫老妻，就像是加了冰塊退冰之後的飲料，淡得喝不出原本的滋味來；然而回想這七年的經過，我們其實真正相聚的時間也不到一半吧？高職畢業後成績一向優秀的佳穎考到了四技，而一向就混得兇的我則勉勉強強矇到二專，那時我們南北相隔；之後當兵我手氣極佳的抽到金門，而佳穎則已經在她現在待的企業半工半讀了，那時我們之間隔著一道台灣海峽。

那現在呢？

『你等很久了吧？』

一個半鐘頭後，佳穎終於趕到，所以我們現在只隔著一張桌子。

「還好。」

佳穎熟練的點餐，是最快能吃到的那種，餐後飲料她難得的點了果汁而不是熱咖啡，我奇怪的問她怎麼不喝咖啡了嗎？結果佳穎說她這陣子忙壞了、胃都給忙出毛病來所以只好暫時戒咖啡；佳穎接著開始說起工作上的瑣事：討人厭的客戶、沒責任感的豬頭同事、專長是給員工難看的沒良心老闆……末了，她才想到什麼似的，問：

『學校怎麼樣？』

「還好，不過總算也是找到住——」

此時佳穎的手機響起，她低聲應對幾句，然後皺起眉頭，很是抱歉的說：

『那些白痴又惹出TROUBLE要我去擦屁股了。』

「沒關係，妳忙吧。」

然後佳穎起身，我以為她會說有時間去找我或者要我放假別忘了常回來之類的叮嚀，但結果她只是說：

『果汁給你喝吧，我趕時間。』

我望著佳穎甚至吃不到一半的義大利麵，心底湧起無限落寞。

□

我在開學的前一天就先搬進來，並且在洗衣機前認識了我的第一個室友，他和顏悅色的問我是不是學校的新生？我說是呀不過我是夜二技的，接著他自我介紹說是學校的職員，房間就在我的斜對面，要我叫他作大哥就行了，大哥還熱心的問我有沒有需要幫忙搬行李？我客氣的說不用了我自己來反正時間多的是，大哥帶著微笑拍拍我的肩膀說以後對學校有什麼問題的話儘管找他沒關係，最後大哥以衣服洗好可以通知我嗎為結尾。

我就知道。

我悠閒的打掃房間整理行李其間還去敲門通知大哥他的衣服洗好了，當我攤坐在床上抽菸、滿意的環顧我的新窩時才發現窗外天色已經黑了。

我於是出門到這鎮上最熱鬧的街上打發晚餐順便隨意晃晃，回家時我望著對面一片漆黑的房子，突然想起那天的那四個女生，她們大概就合租了那一棟吧？以後就是鄰居了。這是我睡前想到的最後一件事。

隔天我睡到肚子餓了才起床，下樓打算出門時認識了我在這裡的第二個室友。他聲音洪亮的自我介紹說叫他大頭即可，大頭比我虛長幾歲，而膽子也是大到昨天才結束最後一天的工作，然後今天開車載著行李來找房子，我大略說了一些這房子的情形然後我們就聊開來了，一直到房東終於慢吞吞的出現帶大頭看房子，而我餓到快腿軟時才互相說那麼待會見吧。

打開大門之後我望著對面依舊沒有人氣的透天厝，心想這四個女生該不會在開學典禮就打算蹺課了吧？

吃完午餐回家時我終於看見了其中兩個女生出現在對面的大門前，其中一個氣鼓鼓的打著手機，而另一個則一副好像習慣了那女生氣鼓鼓的模樣，她轉頭看見我，笑著對我打招呼。

我認出她是那天提醒房東我是個人的那個女生。

我點頭報以微笑之後就進去了，看到大頭站在我門旁邊打量著洗衣機時，這才想起男生樓層的最後一間房不是已經被我租去了嗎？那他？

『我在你們樓上，那層樓目前只有我一個男生。』

大頭陰陰的竊笑著，我一聽他房間隔壁全是女生，馬上就自願幫忙他打掃房間，我們嘻嘻哈哈的走上三樓，不時還在走廊上探頭探腦的，但結果只看到幾扇緊緊關著的門。

失策！

不過參觀了大頭的房間之後我開始對我自己的深感不滿，並不是因為他竟以後來居上之姿租到男女混居的房間樓層，而是他的房間最外面就是一個露天的大陽台，站在那裡望過去正好可以把對面房間裡的春光一覽無遺，當然前提是她們頭殼壞去不把窗簾拉上的話。

視線往下，我看到房東一頭汗的指揮著工人搬這做那，和我寒暄的那個女生正在二樓挪傢俱，至於那天說要按摩浴缸、也就是方才氣鼓鼓的那個，則是一臉不爽的坐在機車上怒視著房東和動作很慢的工人，並且時不時的命令這兩個年長於她的男人做事，房東甚至連看也不敢看她一眼，一副好像只要視線交集就會被她揍成百頁豆腐的可憐兮兮樣，此刻我終於開始比較釋懷他那天對我的敷衍而同情起這個老頭子了。

『要不要一起去吃飯？』

大頭問。

「好呀。」

我告訴大頭我先在這裡把這根菸抽完，大頭聽了之後就說那他先去熱車子好了；我聽見大頭下樓的聲音，然後看見他走出大門；當他發現那女生時好像試圖和她打招呼，結果那女生面無表情的朝他點頭算是回應，接著就馬上別過臉明顯一副沒有心情和陌生人閒聊的表情。

看到大頭這糗樣、我忍不住笑了出來，還差點被菸給嗆到。

開學典禮。

無聊的開學典禮。

結束之後我們被帶回各自的教室，一走進教室我馬上就挑了最靠近門口的位子坐下、為的是方便日後蹺課；我無聊的望著走廊，看到大頭笑著朝我揮手然後走進對面的教室，他和我選了同樣的位子，我想理由大概也一樣吧。

接著我看見對面那個女生（臉臭的那一個）走進來，她看了我一眼，不過眼神所傳達出來的訊息並不是她知道我們是鄰居的這件事，而是「搞什麼這傢伙早我一步搶到這位子。」然後她在我身後坐下。

全部人坐定之後，導師先說了一些話，不外乎就是廢話廢話廢話，接著他留時間給我們互相先認識一下，我本來想轉身問新鄰居她們的房子是不是出什麼狀況了？但想想搞不好她會回答我說干你屁事，所以還是作罷吧。

結果我還是選擇打電話給佳穎，但她說她還在忙，我只叮嚀她要好好照顧身體別累壞了然後就說了再見，掛上電話之後我走出教室去上廁所順便抽根菸，再回來時感情交流的時間已經過去了。

結果我一個人也沒認識到。

隔天我陸續認識了同住一棟樓的室友們，除了大哥之外其他清一色的全是夜二技的同學，而對面的四個女生也在開學典禮結束之後才遲遲的搬進去，不過我的那個同學（臉很臭的那一個）我倒是很少見到她。

開學的第一天，就像是全世界新班級都會做的那樣，導師要我們逐一上台自我介紹，臭臉鄰居是排名第七號，所以她是第七個上台自我介紹的，她聲音很小態度很差，草草的說了兩句話就走回座位，經過我身邊的時候連看也不看我一眼；到第九號同學上台時她舉手說想上廁所，隨後就捉起包包走出教室，之後就沒見她再回來了。

回去之後我看到對面二樓的燈亮著，看來那就是她的房間吧。

由於大家都是夜校生，而白天也沒有工作（畢竟這地方除了擠牛奶餵雞飼料之外還能找到什麼打工嗎？），所以我們下課後總是聚在洗衣機前聊天，一開始只是我們這棟層的男生，但後來三層樓的學生幾乎都把這塊空地當成交誼廳了。

因為我搬了一台電視、冰箱還買了幾箱飲料放在房間的關係，他們甚至想把我的房間當作是客廳進出，我心想這群賴子叫我替他們看洗衣機偷我飲料喝就已經夠過分了，沒想到他們厚臉皮的程度簡直遠遠超過我的想像。

當然我是說什麼也不會答應的。

我們出乎意料的談得來，常常就這樣圍著洗衣機聊到天亮，話題從自身的背景到為什麼頭殼壞去跑來讀這鳥不生蛋的鬼學校、大肚皮房東為什麼那麼有錢……開始擴展到對面的四個女生；住在大頭隔壁的女生說其中有三個是她班上的同學，還說好像是看房子那天才認識的就決定合租在一起了吧！

接著大頭說我不是也和剩下那個女生同班嗎？我說是呀可是我們不熟沒說過話，然後話題就轉到了中秋節，到天矇矇亮的時候大家就陸續的回房間睡覺了。

隔天不曉得是被餓醒的還是被洗衣機的聲音吵醒的，總之我梳洗之後打開房間才打算上樓（主要的目的是想看看能否趁機看到養眼的畫面，但奇怪那些女生總是不會穿著清涼的出現在走廊，真是一點身為女人該有的基本禮貌都沒有）找大頭出門吃飯，但沒想到一踏出房間卻看到我的同學（臉很臭的那個）表情相當不耐煩的瞪著洗衣機，我懷疑她會終於忍不住想把那台洗衣機揍成手風琴。

「妳怎麼在這？」

『洗衣服呀，難不成吃便當哦。』

她口氣好像是遇到白痴一樣，真是個一點禮貌也沒有的小王八蛋。

「妳們那沒有洗衣機呀？」

『有，可是年紀看起來比我大了，衣服洗出來搞不好更髒，所以房東叫我們過來用這裡的。』

「樓下還有一台不是？這裡的女生說那是女士專用的洗衣機，哈哈哈。」

我自以為幽默的說了一串，結果臭臉同學連配合笑一下都嫌懶的、只是冷冷的說：

『使用中。』

雖然對方是這麼的沒禮貌又態度差，但我想了想，基於同學之愛還有她的美貌（實不相瞞這是最大原因），我小小的掙扎了一下，還是決定認識一下我的新同學兼鄰居。

「我們是同班同學對不對？」

『對，你就是坐在我前面那一個。』

原來她有注意到我，才想趁機自我介紹時（因為那天她閃得太快錯過我精采的自我介紹），她又說了：

『而且你也是老把車子停在我們門前擋住我們進出的那一個。』

嚇！我馬上聯想起那天她坐在門口教訓房東的兇狠模樣，連忙搶在她大動肝火之前，說：

「抱歉抱歉，下次不敢了。」

然後我一鼓作氣跑去三樓喊大頭吃飯，當我站在走廊上等大頭時，心底一直思考著關於我的男性尊嚴的這件事，我發現那娘兒們好像完全不把男人當成人的樣子（雖然目前還無法確定她是不是也把女人當成人），所有男人在她眼前尊嚴都會被她踐踏得蕩然無存。

而當我和大頭下樓，洗衣機前已經不見她的人影了，我瞄了一眼洗衣機，還好，洗衣機看起來還是洗衣機的樣子。

在鍋貼店裡我和大頭說起關於她的話題，當然並不包括我的男性尊嚴被傷害的這件事。

『她長得不錯哦。』

「你想把她？」

『沒有，但坦白說我比較想把姐姐，嘿嘿！我個人還是偏好溫柔型的女生。』

「姐姐？」

『鴨鴨呀！她們是姐妹，你不知道？』

我豈止只是不知道、簡直就是難以置信了！為什麼一對親姐妹個性卻能如此兩極化呢？姐姐的身邊總是圍繞著一團氣，如果要用成語來形容的話，那就是一團和氣，而至於妹妹的話，則會是一股殺氣。

接著我們又閒聊了一會，內容不外是大頭計畫如何把到鴨鴨（雖然我很久沒把妹了，但我還是一聽就能預期他老兄肯定是把不到的），最後我們互相祝中秋節快樂，然後就回房早早睡覺準備明天早點回家了。

□

中秋節。

空虛的中秋節，家裡人全都跑出去和朋友烤肉了，就連家裡那兩個老傢伙也寧願外出打麻將而不陪兒子過節，害我自作多情的買了一堆肉結果完全沒烤到；打電話約佳穎心想剛好可以找她來過夜，但結果電話裡傳來佳穎懶洋洋的聲音，說是難得放假想好好休息；佳穎一直說著對不起所以我只好不斷說著沒關係，掛上電話之後想想也罷，反正雙手萬能得很。

真他媽空虛的中秋節，我好像是專程回家來找心酸的。

所以收假時我只好把那些食材搬上車，打算乾脆和那些賴子們一起烤肉算了。

當我把烤肉的計畫告訴大頭時，他馬上興奮的說好呀好呀能有機會大家一起烤肉真是太難得了，大頭還表示他要馬上通知其他人，結果大頭接下來的動作卻是馬上跑到對面敲門。

這傢伙！

我站在陽台看著大頭搖著尾巴（如果他有尾巴的話真的就會搖起來了，如果他有翅膀的話早就樂得飛起來了）巴著鴨鴨拉拉雜雜的說個不停，最後我看見鴨鴨笑著點頭時，才下樓逐一通知大頭所謂的大家。

每個人都對於晚上能烤肉的事情感到興奮，就趁著上課前一群人浩浩蕩蕩的洗劫便利店；上課時我一度考慮轉身告訴同學（傷了我男性自尊的那個臭臉同學）烤肉的消息，結果當我鼓起勇氣轉身時卻發現這娘兒們不知啥時候又蹺掉了。

大頭愛現的自願肩負起升火的責任，他忙得滿頭大汗我也滿身汗的，因為我得阻止陽台。

那群賴子想把我的電視搬上陽台的舉動，在一片鬧哄哄的氣氛下，另一團更吵的噪音從樓梯口傳上來，原來是對面那四個女生來了，手裡還拿著一看就知道是家裡沒人要吃所以順便帶來消耗掉（因為反正丟掉也浪費）的月餅，嘻嘻哈哈的加入我們。

『沒椅子坐欸。』

臭臉同學笑嘻嘻的說，然後幾個壯丁連忙回房間搬了椅子上來，壯丁才把椅子一放好時臭臉同學立刻就一屁股坐下，她擦著剛洗好的頭髮大剌剌的招呼其他女生說別客氣當自己家一樣（看來她是有把女生當成人看待）並且要求大頭十分鐘內馬上把火升好，一副好像很習慣被侍候並且命令人的鬼樣。

不過這好像是我第二次看到她總算開心的樣子，她比我想像中的開朗許多，並且善於炒熱氣氛。

一邊吃著烤肉的我們一邊聊開來，這才知道原來四個女生搬進來那天房東竟兩光的啥也沒弄好。

『簡直和廢墟沒兩樣。』

臭臉同學說，然後又著實把房東唸了一頓，口氣跟在教訓兒子沒有兩樣，不過在我們第三者聽來卻感覺相當好笑。

接著又是自我介紹，鴨鴨說她們是姐妹，臭臉同學倒是和開學第一天那樣懶得自我介紹，於是此後我們就跟著鴨鴨喊她妹妹。

氣氛熱絡得遠遠超過我的想像，炭火熄了之後我們帶著飲料（被他們從我房間搬出來的）到二樓的交誼廳（也就是以我的門口和洗衣機為主的那塊空地）續攤，移駕的時候妹妹自然又是要壯丁把椅子搬下去給她們這些姑娘坐，就這樣聊呀聊的，大哥突然說起他是這裡第一個房客，還挺得意的說因此挑了這棟樓裡格局最好的房間住；此時我馬上聯想起房東拍著他的大肚皮炫耀他土地之多的這件事，看來大哥是引虎入穴而不自知了。

果真妹妹聽了之後眼睛一亮，接著就嚷嚷著要去見識見識所謂的最好的房間。

『好，等我整理一下——』

大哥話還沒說完，妹妹就搶在他開門前一個箭步先踏進去，我不忍心目睹大哥的房間被這群娘兒們肆虐的慘狀，所以只是待在走廊上偷笑，並且沒忘記把房門鎖好；妹妹出來時我看見她手中多了一個浴室的置物架，而跟在後面的大哥則呈現恍惚的狀態。

『別忘了你說要烤鬆餅給我們吃哦。』

妹妹最後還說。

我當時心想還好我的電視沒被她物色到。

好像因此從視而不見的、把車擋在人家門口的陌生人變成了她的朋友似的，妹妹開始會在遇到我們的時候打招呼，我得說妹妹的笑容真的很甜，好像就要溢出蜜來了似的，而我想她自己也應該曉得自身笑容的迷人魅力，所以她常會帶著笑容在我們二樓敲門，接著就可以看到哪個倒楣鬼電腦被她佔用、而且還被趕出房間，不久之後我們的交誼區就多出了一台所謂善心人士捐出來的公用電腦；下一個遭殃的是我的電視，就被擺在電腦的旁邊，我一直很想查出是哪個抓耙仔去告的密，可這些賴子沒有一個人肯承認的。

這天當大哥烤鬆餅給大家吃時，順便還發給我們每人一張地圖，地圖上標示了這附近的道地美食，還有夜市。

夜市。

我們這棟樓的人約了下課後一起去逛夜市，我和大頭在學生餐廳晚餐時遇到鴨鴨就邀了她也一起去，結果鴨鴨說不要了她對夜市沒興趣而且覺得功課好重書都讀不完，大頭看起來很失望的樣子，而我接著問她那妹妹要不要去？結果鴨鴨反問我幹嘛不上課時自己問她就好啦？

看來鴨鴨並不明白自己的妹妹蹺課蹺得有多兇。

上課時我趕緊趁妹妹還沒溜走前告訴她這件事，然後她說好呀要去的時候直接去按她家門鈴就好了，接著她又趁教授轉身寫黑板時溜走了。

下課後我們約在門口等人到齊，我走到對面想按門鈴時才發現她們家根本就沒有門鈴呀！

這傢伙。

「喂！」

我對著二樓喊，妹妹探出一顆小腦袋瓜，一邊還擦著半乾的頭髮，奇怪這女人好像一回家就馬上洗澡似的。

「樓上的！」

我趕緊喊住她，但結果妹妹把頭縮回去，擺明了不確定我在喊她還是鴨鴨的態度。

「妹妹！」

妹妹帶著笑容再度出現，她笑著要我等她一下。

『一下子就好了哦。』

結果我等了快半個鐘頭，這娘兒們！關於這點簡直跟大肚子房東沒兩樣。

在樓下枯等時我一邊抽菸一邊才想到這好像是我第一次喊她妹妹而不是喂呀嘿呀王八蛋（當然這是開玩笑的，雖然我一直很想這麼試試）的叫著。

當她老大慢吞吞的下樓之後，我馬上載著她（車不知道被哪個賴子趁亂偷開走了）火速飆到夜市，結果剛好遇到他們痞子逛大街似的晃出來，說是他們已經走了兩圈正準備打道回府了。

「怎麼辦？」

『不管，專程趕來沒逛到的話我可是不會回去的。』

「那好，妳自己慢慢逛吧。」

『喂！』

「開玩笑的啦。」

嘿嘿！逗她真好玩。

妹妹雖然一副沒逛到夜市就會放火燒了它的豪情壯志，但是當我們買了兩杯梅子綠茶作為起點開始逛時，她卻又一副心事重重的樣子；我幾度偷瞄妹妹卻怎麼就是不敢問她怎麼啦在想什麼莫非是後悔課蹺太多擔心把二技念成大學嗎？

『剛你在樓下的時候喊我妹妹對不對？』

「對呀。」

我緊張得要命，才在奇怪這樣有何冒犯的地方嗎時，妹妹又說了：

『很好聽的感覺。』

「啊？」

『剛剛你喊我妹妹時，很好聽的感覺。』

「呵呵。」

我不知所措的只好傻笑以對，真是糗死我。

『你喜歡我姐嗎？』

妹妹突然又問，差點教我嚇掉下巴。

「吭？什麼？」

『沒什麼，我只是想確定一下而已。』

「大頭的話我可不肯保證，那至於我的話肯定是沒有的。」

因為我有女朋友了！我以為我說了，但結果我沒有。

『像她那種個性的人比較吃香吧。』

「唔？」

『我和姐姐兩個人站在一起的話，每個人都會下意識的選擇找她說話吧。』

「怎麼突然說這個？」

『只是剛好想起搬進來大家都不認識的那幾天，姐姐很快的就和你們變成朋友，每次我看到你們那麼愉快的聊天時，總是覺得好寂寞。』

我怔怔的望著妹妹，第一次發現她隱藏在兇狠易怒的外表下，那顆脆弱易感的心。

仔細想起，那好像是我第一次和妹妹完全性的單獨相處。

那麼，第二次呢？

我永遠也忘不了那晚的妹妹。

我在這個小鎮上唯一的咖啡館裡撞見妹妹，在上學的途中突然落起傾盆的大雨，沒辦法我只好在途中躲進這咖啡館裡避雨，而妹妹呢？妹妹是為了躲什麼？我想我知道答案。

躲避自己的脆弱，不願意讓別人看見的脆弱。

「妹妹！」

我在最角落的位子發現妹妹的背影，而如果早知道的話我是不會喊住她的，因為妹妹正在流淚。

妹妹急急忙的擦乾了眼淚才抬頭望向我，但我卻還是看見了。

「怎麼哭了？」

『還是被看見了呀！真討厭，我都已經躲到這裡來了呢。』

妹妹不著痕跡的閃躲我的問題，嘴角揚起她一貫的甜美笑容，可看在我的眼底，那卻是強顏的歡笑，妹妹……為什麼總是愛逞強呢？

我感覺到妹妹並不想被過問關於她為何哭泣的這個話題，既然妹妹不想說，那麼我也就只好不問，儘管我擔心。

我們各自沉默了大概五分鐘那麼久之後，我開始發揮我的專長：說冷笑話。起初妹妹對於我突然的單人相聲感到不解，但明白了我的用意之後，她開始適度的在該笑的地方配合著笑，到了後來她老大心情終於開朗了起來，甚至還會吐槽我說：

『實不相瞞，我找不到你這個笑話的笑點在哪裡。』

這小王八蛋！

不過說真的，我還是比較喜歡這樣的妹妹，不，這麼說也不完全正確，應該說是習慣才對，因為脆弱的妹妹同樣令我喜歡。

喜歡？

我還是不知道那天的妹妹為何哭泣，那彷彿是個難解的謎，而答案藏在她的心底；但我知道雨停了之後、當我們相偕走出那咖啡館時，妹妹的眼淚已經丟在咖啡館的最角落裡了。

『等一下。』

推開門後，妹妹突然喊住我。

「妳東西忘在裡面哦？」

『不是，聽完這首歌再走。』

「什麼歌？」

『我是你的誰。』妹妹說，『很好聽哦。』

想問你這樣肩並肩　那究竟我是你的誰
一個短暫同路的人或者是一切
就因為愛很難完美　所以才如此的珍貴
不求永遠的人不能給

作詞：施人誠　作曲：殷文琦

於是我和妹妹就這樣站在門的旁邊，一直到音樂結束才慢慢離開。

『只有你看過我哭呢。』

離開時妹妹最後如此說道，妹妹哭過的眼睛顯得清亮，那清亮烙在我的心底，連同只有我看見過的，妹妹的淚。

□

夜市事件過後，那群賴子開始嘀嘀咕咕著我和妹妹之間是不是有什麼不可告人的曖昧情事，當然賴子們只會在我面前拿這件事情吃我豆腐，而不敢當著妹妹的面開這玩笑，畢竟他們是一群專挑軟柿子吃的無恥人。

但我想妹妹應該多少也會感覺到這些流言的，因為要在這個小小的生活圈裡阻隔所有的流言可也不是一件簡單的事，再說她有個大嘴巴姐姐鴨鴨；但奇怪的是她好像不但不以為意，反而常會在準備蹺課時踢踢我的椅子，然後我就知道約莫十分鐘之後我會需要上廁所尿遁了。

我常覺得我和妹妹甚至比和佳穎還要來得更像情侶些。

我難免會懷疑妹妹到底對我抱持著什麼樣的感受呢？為什麼不但不理會那些流言反而更加明顯呢？會不會妹妹其實真有那麼一點喜歡我呢？那我呢？

我想都不敢想，因為我沒有資格，因為我有佳穎。

奇怪的是雖然我們無話不談、但卻唯獨感情例外，妹妹絕口不問我的感情生活、也不提她的，好像誰先開口問了，誰就會全盤皆輸一樣。

雖然我自認為對女生已有相當程度的經歷與了解，但我卻怎麼也看不出來，看不出來妹妹心底真正的想法，越是了解妹妹，我就越是感覺到妹妹是用盡了全身的力氣把自己藏在保護殼裡的。

今天妹妹難得沒踢我的椅子，因為她根本沒來上課，她在晚餐時傳了簡訊給我，上面寫著——

帶你去一個地方，七點樓下見。

這女人！自己仗著年輕有本錢把二技念成四年就算了，幹嘛非得拖我這個連青春尾巴都快失去的可憐蟲下水？

我雖然心底是這麼埋怨著的，但卻仍舊是上了一堂課就趕緊準時赴約，儘管我早已猜到那娘兒們八成又要讓我空等，但不曉得是哪根筋不對，我就是不敢遲赴妹妹的約。

七點。

當我看到準時出現在樓下的妹妹時，我簡直狠狠被嚇了一大跳。

「妳怎麼了？」

『我怎麼了？』

「居然準時呀，是不是生病了？」

『神經病。』

女人真是奇怪的動物，當她說謝謝你人真好居然把電視讓出來給大家用時，臉上通常是一副：這個龜孫子我看你就認了吧的客套笑容，但當她說你神經病時臉上的笑容卻真，且甜。

我感覺到我整個人好像因為妹妹的笑容而差不多快飄起來時，糊裡糊塗的就隨著妹妹的指示開車，一回過神時才發現妹妹竟把我指引到一處漆黑的堤防邊，該不會是我哪裡得罪她所以她想在這裡把我揍成手風琴吧？

「這哪？」

我誠惶誠恐的問。

『我的祕密基地。』

「唔？毀屍滅跡的祕密基地嗎？嘿嘿。」

妹妹白了我一眼，我馬上識相的閉嘴。

『這是我第一次蹺課時發現的，沒事我就會來這裡晃一晃。』

「實不相瞞，我看不出來這裡有什麼特別的。」

『是沒什麼特別的，不過跟我家附近的堤防好像。』

妹妹好像因為無意間洩露了不欲人知的心事而有點害羞的樣子，馬上又說：

『不過話說回來，全台灣的堤防不都長得一樣嘛！搞不好全世界的都長這樣吧。』

我望著妹妹，問：

「妳想家？」

妹妹聳聳肩，據實以告的說：

『嗯，剛搬來的時候我每天都好想放棄算了逃跑回家，總覺得不習慣。』

「那妳現在習慣了嗎？」

妹妹凝視著我笑而不答，我的心跳也跟著漏跳一拍。

該是確認的時候了嗎？我在心底這麼問我自己。

『問你一個問題。』

「嗯？」

『我是你的誰？』

「妳是我的……妹妹呀。」

『只是妹妹？』

心下沉，下沉。

『你對我一點喜歡的感覺也沒有嗎？』

「我是……我的確是……我喜歡妳。」

『那為什麼？』

「我有女朋友了。」

『……』

「我們有七年的感情。」

『從頭到尾都只是我自作多情吧！早知道就不問了，把自己搞成笑話一樣。』

妹妹起身，離開。

「妹妹！」

妹妹還是走，我只好快步跟上她，跟在她身後走著，解釋著，解釋著這段日子以來的心亂、認識妹妹以來的心亂。

「妳不要那樣想妳自己，我是真的真的很喜歡妳，每次忍不住想告訴妳時，佳穎、就是我女朋友的臉就會出現在我的腦子裡，就會提醒我們這七年的感情。」

『你這算什麼喜歡！』

我一楞，妹妹的聲音輕輕柔柔的，但卻不帶任何的感情，臉上亦沒有任何屬於表情的東西，除了平靜。

我終於明白，故作冷漠的妹妹、開朗熱鬧的妹妹、慣於被侍候的妹妹……都只是妹妹刻意表現出來的一面，或者應該說是，努力表現出來、願意讓別人看見的一面；而此刻，此時的妹妹毫不設防，不設防的妹妹，澄淨得令我心痛。

『那是責任，不是喜歡。』

「我該……怎麼辦？」

『你怎麼會問我呢？怎麼會是問我呢？』

「或許……」

或許讓我和佳穎談一談，談談我們之間空洞的愛情，或許讓我向佳穎解釋，解釋這不是她的錯，只是我遇到一個更喜歡的女生了，或許……

『再見。』

妹妹說再見，可我聽見的，卻是她的決定，或者應該說是，對於我的問題的回答。

『回去吧。』

妹妹說。

一路上妹妹不再說話，只是怔怔的望著窗外，我不敢看她的表情，我怕我會忍不住想擁她入懷裡，但是我不能，因為我有責任，我對佳穎有責任；或許妹妹說得對，那是責任不再是喜歡，但它就是在，那感情的空殼，它就是存在，它是一道無形的牆，擋在我和妹妹之間，擋住我們相愛的可能，提醒我們太晚的相遇。

『你很狡猾。』

下車時，妹妹透過車窗遙遙的對我說，聲音微弱得幾乎我就要聽不見了。

『你做出種種的舉止讓我以為你喜歡我，等我會錯意表錯情的時候，你卻又一臉無辜的說不是的怎麼妳誤會什麼了嗎。』

「不……」

『如果你一開始就沒打算喜歡我，那麼你實在不應該這樣誤導我。』

「不是妳想的那樣……」

『為什麼還要辯解呢？為什麼不直接說這從頭到尾只是我的自作多情而已呢？』

然後妹妹頭也不回的走，我看著她的背影，還有我們來不及開始的愛情，走遠。

我怎麼也想不到那竟是我最後一次見到妹妹，接下來連續好幾天我都沒看到妹妹的身影，本來我以為她只是不想看到我於是刻意躲開我而已，但沒想到妹妹竟是迅速的辦了休學，並且，早就已經搬走了。

□

『怎麼會？怎麼妹妹沒告訴你嗎？』

我去找鴨鴨確認，但她反而奇怪怎麼我也不曉得這件事。

『我以為她起碼會告訴你的。』

「她……怎麼這麼突然？」

『說是找到了好工作，沒必要待在這裡浪費時間，所以就乾脆休學了！真可惜，學費和房租都繳清了耶。』

沒必要待在這裡浪費時間。

我反覆的呢喃著這句話，在心底揣想著，揣想著妹妹會是用什麼表情什麼語氣說出這句話，會不會是我想的那樣？一臉毫不在乎的表情，可心卻隱隱作痛，就像我現在這樣，只是我做不到她的灑脫，只是我做不到的，又哪裡只是她的灑脫而已呢？

『你們是不是……』

「嗯？」

『沒什麼。』筆直的凝望著我的臉，鴨鴨突然的改變決定，她改口：『別擔心她吧，她是那種一個人也能過得很好的個性。』

是嗎？只是表面上吧。

『台北呀……真是越離越遠了呢。』

這是鴨鴨說過最後一件關於妹妹的消息，不曉得她是隱約感覺到我和妹妹之間曾經發生過但卻還是來不及開始的曖昧，所以才會刻意在我面前避口不提，又或者只是因為妹妹忙碌於新生活而少了聯絡……

我但願是後者，因為就算給不了妹妹幸福，我還是希望，還是希望妹妹能得到她應得的幸福。

我給不了的，她的幸福。

我開始不和他們去逛夜市了，因為那裡有過我和妹妹第一次獨處的回憶，那回憶雖然短，可卻深。

偶爾太想妹妹的時候，我會獨自來到這個堤防，讓我的思念，安靜的氾濫；每次經過那家咖啡館時，我總是快速的走開，因為我怕想起，怕想起曾經在那裡見過的妹妹，怕想起妹妹的眼淚，還有我的不捨，與愧疚。

——我是你的誰？

——那是責任，不是喜歡。

——如果你一開始就沒打算喜歡我，那麼你實在不應該這樣誤導我。

我只是在想，妹妹為什麼要走得那麼急、那麼決裂呢？

我早該在妹妹說再見時，就猜到她話裡的意念了呀！早該。

認識妹妹卻又失去妹妹以後，我學會到一件事，被愛卻孤獨。

被愛，卻孤獨。

我是，或許妹妹也是。

之二

沒想到會再遇見你，兩年了，兩年的時間過去，你的模樣變了很多，我相當仔細的把你現在的樣子和我記憶中的你比對一番，卻怎麼也說不出明確的改變，就，感覺變了很多。

那我呢？我低頭檢視自己一身OL的打扮，摸了摸留長的頭髮，我可以明確的說出這兩年來我外表上的改變，但面對你，在台北街頭偶然重逢的你，卻一句話也說不出來。

兩年了，如果兩年前的那晚，你開口說了你要的人是我，如果兩年前的那晚，我沒有立刻決定接受這份工作而堅持想要你的愛情的話，那麼，現在的我們會是什麼模樣？仍是感情濃厚的情侶？抑或因為我的介入而造成三個人痛苦的愛情？又或者，我們交往了、嘗試了、努力了、付出了，但還是分手？一切又回到原點，就像我們現在這樣？

無限的可能性在我的腦子裡打轉，但面對你，在台北街頭偶然重逢的你，我卻一句話也說不出口。

『妹妹。』

你喊住我，帶著幾分不確定的口吻，眼底卻是我熟悉的忘不了的神情。

你喊住我，若不是你喊住我，或許視而不見對我們而言會是最好的選擇吧！就我們這樣一對不歡而散的……朋友？

你喊住我，你為什麼要喊住我？

『沒想到能再遇見妳。』

「是呀，你也來台北？」

『找工作囉。』

你為什麼要來台北？

「好久沒被這麼喊了。」

你靦腆的笑了笑，你的笑容也沒變，依舊是我記憶中的那個靦腆笑容；我告訴過你嗎？我好喜歡、好喜歡你的笑容，孩子似的笑容。

『在台北遇見妳的感覺好奇怪。』

「嗯？」

『畢竟我們沒在這麼現代化的地方見過面嘛。』

忍不住我還是笑了，思緒隨著你的玩笑回到那個鄉村小鎮，每天上下學必經的雜圈，還有找了好久才發現原來是附設在雜貨店裡的網咖，和那群住在我們家隔壁吵死人的醒獅團……一切一切都是那麼短暫，可我的記憶卻始終鮮明，因為它們一直存在於我心底的最深處，連同你。

「那裡差點沒把我給悶壞了。」

『妳現在看起來的確是……快樂多了。』

快樂多了？我聽不出來你什麼意思。

『妳趕時間嗎？』

「嗯？」

『這樣站在街上聊天感覺好奇怪，是不是？』

「我請你喝咖啡吧。」

『讓女人請客的感覺很怪耶。』

「有什麼關係，反正以前老是吃你的喝你的，乾脆趁現在一筆勾消吧。」

一筆勾消……你低聲的呢喃著，我假裝沒看見你低垂眼簾下的複雜神情；過了好一會，才強顏歡笑的說：『走吧。』

走吧！

STARBUCKS。

「我曾經去找過房東哦。」

『咦？』

「離開之後的那個過年吧，我出國玩了一趟，特地帶了土產去看他，他完全沒變欸！還是那個可愛的歐吉桑，一直碎碎唸著幹嘛房租都繳了又不住是不是房子不喜歡什麼的，還問要不要換一間給我，呵！真是夠蠢的。」

『他怎麼沒告訴我們？我們兩年都沒搬耶。』

「我叫他不要說出去的。」

『妳……為什麼要走得那麼急呢？』

我為什麼要走得那麼急？你為什麼要明知故問呢？難道你以為當時的我還能夠擺擺

手說原來那只是誤會一場我看就當作沒這回事讓我們就像以前那樣繼續相處吧！

或許真可以這麼簡單，但我辦不到呀！因為當時的我已經太愛太愛你了，你以為我怎麼還能夠平靜的面對你而不心碎嗎？

你的臉孔強烈的提醒著我愛情的存在，提醒著我愛不到的傷痛。

那現在呢？

「其實也不能說是急。」

『咦？』

「我那時候是一邊準備考試一邊找工作的，心想哪個先有著落的話就決定哪個了吧！但沒想到開學後卻又接到之前應徵公司打來通知錄取的電話，我心想反正這就是我想要的工作，沒必要多浪費兩年的時間混到畢業呀。」

『原來如此。』

「你呢？」

『我什麼？』

你和你女朋友呢？我以為我這麼問了，但結果我沒有。

「你現在在做什麼？」

『我呀！』你難為情的笑著，『還在找工作呀！但不知道想做什麼，都活過半輩子了還沒工作過，真虧我還是個男人。』

「反正你看起來也不缺錢花嘛。」

『但總覺得……人生好像白活了。』

「女朋友呢？」

忍不住我還是問了。

『訂婚了。』

訂婚了……

『她畢竟等我好久了，總是……該有個交代吧！我們打算……等我找到工作就結婚了。』

還是責任！

我一口氣喝乾了杯裡的咖啡，試著不讓手顫抖得太明顯，可口中卻還是出現苦澀的滋味。

放不下，原來我還是放不下。

我始終沒有忘記你，每當遇到什麼好玩的事情時，我還是第一個想告訴你，難過時沮喪時寂寞到感覺快要死掉時，我都想打電話給你，像以前我們那樣，只要聽你說話、再無法忍受的事情都能變得微不足道了。

為什麼呢？為什麼我們相遇的時間是那麼的短暫，可你就是能讓我愛得那麼深呢？為什麼我好不容易遇到一個對的人，結果卻不是能夠屬於我的人呢？

從一開始我就知道了。

從第一次看房子那天遇見你的時候我就知道了，那時候你鑽進車裡、我們四目交接的那一瞬間，我就感覺到了，這個人，這個人對我而言不一樣。

不一樣。

「好像東京愛情故事。」

『東京愛情故事？』

「那是我看過的第一部日劇。」

『大概我們這世代的人都是吧。』

你笑著說。

「記不記得最後一幕？完治和莉香在東京街頭相遇，那一幕……當然我們並沒有……我的意思是——」

我哽咽，你將我擁進懷裡，我的眼淚淌進你的心底。

終於還是哭了，忍了兩年的眼淚，埋葬了兩年的感情，終於還是無法藏匿。

『我愛妳的，妹妹，愛過妳的，只是為什麼妳要走得那麼果決呢？為什麼不給我機會努力呢？』

「……」

『完治和莉香至少嘗試過也努力過，最後才終於放棄的，但是為什麼我們卻一開始就要放棄呢？妳甚至連手機都換了，我找不到妳呀妹妹！我試著想找妳回來，可我找不到妳呀。』

兩年前沒說出口的我愛你，在兩年後的今天，此刻，終於道出，只是，回不去了。回不去了。

我們是兩條曾經交會的平行線，終於在交會過後，還是一點一滴的錯開了。

錯過了，儘管這是我最自己的決定。

離開STARBUCKS之後，我把你抄給我的聯絡方式還有我的手機一併丟進垃圾桶裡。

從你身上，我了解到，被愛卻孤獨。

我是，或許你也是。

我們的遺憾來自於相愛時間的錯過

——你有一七〇嗎？

——妳有禮貌嗎？

在和映佐失去聯絡的現在，不知道爲什麼，我想起的不是映佐的笑，卻是她的悲傷。

我們的遺憾來自於相愛時間的錯過。

我想，映佐知道。

『你有一七〇嗎？』

「妳有禮貌嗎？」

『欸！我真的很想知道嘛！我可不想帶著這個疑問死去耶。』

「沒事提死幹嘛？怪毛的。」

『這樣吧！我用我的罩杯跟你的身高交換。』

「剃光頭打赤腳剛好一七〇。」

『B罩杯。』

「少來。」

『真的喲。』

在婚禮進行的時候，我突然想起和映佐的這段對話。

那個號稱有一六〇並且B罩杯的女生，而實際上她只有一五八和A罩杯。

不知道為什麼，我突然想起映佐。

我已經好幾年沒見到映佐了，我不知道她現在在哪裡？在做什麼事？過著什麼樣的生活？但我希望她過得很幸福。

我曾經見過映佐幸福的微笑，我後來才知道那是因為誰。

映佐簡單的說是我的學姐，但更正確的說法則是，她是我最好的朋友的直屬學姐，而我的直屬學姐則是她最好的朋友。

『真的很巧對不對？』

「真的很衰吧。」

『你很惹人厭耶。』

「妳也沒多討人喜歡呀。」

『我想我們真的很有緣哦。』

「我們？」

『我們。』

我那時候以為映佐所謂的我們指的是她和我最好的朋友，但後來我才明白，原來她指的是我們四個，或者，我們。

我們。

和映佐認識的那個晚上，是她們幾個學姐約在學校的咖啡館來認我們幾個學弟，說真的，我第一個注意到的女生並不是映佐，而是我的直屬學姐；她是一個長相甜美的女生，是那種在所有人裡面，你會第一個注意到她的焦點女生。

而映佐其實也是個可愛的女生，只是在那樣的美女身邊，實在很難引起別人的第一眼目光。

不過帶著笑的映佐則不在此限。

映佐的笑容很迷人，是那種見了以後也會跟著會心一笑的笑容。

令人感到相當舒服的笑容。

只是在失去聯絡以後的現在，我想起的卻不是映佐的笑，而是她的悲傷。

『身為美女最好的朋友其實很傷腦筋欸。』

映佐曾經這樣悄聲告訴我。

其實我是可以明白那種感受的，因為身為風雲人物最好的朋友，其實也是很傷腦筋的事。

風雲人物，她的學弟，我最好的朋友。

我的學姐是第一個引起全部男人側目的女生，而映佐卻是第一個帶給全部人震撼的女生，因為才第一次見面她就和她的學弟吵了起來。

『真討厭，竟和那種人成為學姐弟。』

映佐後來和我的學姐這樣說。

『倒楣！那種人竟是我學姐。』

我最好的朋友則是這麼告訴我。

但事實證明，這兩個起初互看不順眼的人，後來還是愛在一起。

他們真是絕配。

所有認識他們的人都這麼認為著，我們一開始就直覺他們一定會談起戀愛來的，就像所有人預期的那樣，但實際上他們卻是直到後來才終於在一起。

後來。

一開始映佐正處於一段曖昧不明的感情狀態裡。

映佐那時候正猶豫著該不該接受一個學長的追求，而這件事情很少人知道。

那個學長其實同時追求她和我學姐，而這件事情映佐後來才知道，是學姐告訴我的。那個學長後來先追到了我學姐，映佐對於這件事情從來不多作解釋。

事實上映佐對很多事情都不作解釋，對於為什麼一開始她怎麼也不肯接受她學弟的感情，但到了後來，卻固執似的愛著我最好的朋友、她一開始不打算喜歡的學弟，她也不作任何的解釋。

『傷過一次，怕了嘛。』

映佐笑著回答我當時的問，只是沒想到後來她卻還是受了傷，因為她的學弟，我最好的朋友。

我不知道後來有沒有再有一個對象讓她打開心門傾訴，我只知道後來我不再是她傾訴的對象，因為我們失去了聯絡，因為映佐說不想再見到任何有關他的人，有關她學弟，我最好的朋友的人。

包括我。

映佐是一個很少打開心門的人，那扇門裡關著她所有的傷心和祕密，但那扇門外卻放著她所有的快樂，和瘋狂。

映佐是一個玩起來會瘋得忘我的女生，映佐曾經在墾丁的海邊瘋得差點扒光我的褲子，而當時我穿著白色內褲，一浸到水幾乎是呈走光狀態，我於是只好躲在海裡不肯起身，直到有人笑著拉開她，映佐才終於過癮了似的放手。

而拉開她的人不是她的學弟，我最好的朋友。
那時候他反常的坐在海邊，遠遠的看著我們玩鬧。
我後來才知道，他一直很介意映佐和我總是忘形的玩鬧，我們後來才知道，我們。
「等我畢業後，存到堆起來比妳還要高的鈔票就娶妳。」
『就讓我扒光你的內褲？』
「也可以，但我可不想在那麼多人面前。」
『記得不要再穿白色內褲囉。』
「妳管太多了吧。」
當時映佐一直笑，笑得好開心的樣子。
我那時候是真心的說，儘管映佐以為那只是我的玩笑話。
我們後來才知道他們其實已經開始交往，卻執意不讓任何人知道。
『不被知道的愛情比較能夠長久吧。』
映佐解釋道。
好像真的是這樣吧！當我們所有人知道這段愛情的那天，正好是他們最後見面的一天。

他們愛情的最後一天，分手的那天。

那天他興致勃勃的約了我們一起去看流星雨，還神祕的說帶了貴賓來看我們。

映佐。

那時候映佐已經畢業離開這裡了，所以她的出現帶來我們的一陣驚呼。

「妳怎麼來了？」

映佐笑而不答。

他們的愛情寫在映佐的臉上。

寫在映佐臉上的，還有不尋常的安靜。

那天的映佐不似平常的瘋狂玩鬧，她一直安靜的坐在旁邊，看著她的學弟，我最好的朋友，瘋狂的玩鬧，和別的女生。

我當時陪著映佐坐著，感覺好像回到了墾丁的海邊，她差點扒光我的那次。

「怎麼這麼安靜？」

這是我問她的第一句話。

『我現在好像可以明白他當時的心情了吧，他當時坐在這裡眼底所看到的我。』

「嗯？」

『好奇怪，我和他好像從來沒有同時瘋過哦。』

「有吧。」

『但那是在愛上了之前的事呀。』

我轉過頭望著映佐，我看見她臉上寫著的悲傷。

『不愛比較快樂吧。』

「嗯？」

『有些人就是只適合當朋友而不適合當情人吧。』

「妳在說什麼呀？」

『就像我們呀，或許我們如果變成情人也會變成這樣吧。』

「變成這樣？」

『可能我愛過你也不一定哦。』

映佐淡淡的笑著，笑著說。

我不知道怎麼接話，我於是沉默，因為我當時已經有女朋友了。

或許我愛過你也不一定哦。

我也想對映佐說，當她眼底只有他的時候，我愛過她。
我們的遺憾來自於相愛時間的錯過。

不被知道的愛情比較能長久吧。
我不確定。
當我們知道這段愛情的那天，也是他們分手的同一天。
那天我們玩到天亮，在天亮之前，映佐說了分手，而他，她的學弟，我最好的朋友，好像沒說什麼。
而為什麼分手？映佐也從來沒解釋過。
幾天之後，我接到映佐的電話，她打來道別，她說要換號碼了，她說不希望再見到任何有關他的朋友，包括我。
——傷過一次，怕了嘛。
我當時想起映佐曾經說過的這句話。

我來參加學姐和那個學長的婚禮，我和我最好的朋友一同出席，因為他說還是想看看映佐，想知道映佐後來過得好不好？

映佐沒有出現。

我沒有問為什麼，他也是。

我們沒再見過映佐。

——你有一七〇嗎？

——妳有禮貌嗎？

在和映佐失去聯絡的現在，不知道為什麼，我想起的不是映佐的笑，卻是她的悲傷。

我們的遺憾來自於相愛時間的錯過。

我想，映佐知道。

我想認識妳

翻開雜誌，我在專欄的那頁，
看到幾張雪白的信紙，上面寫著滿滿的字。
開頭是：我想認識妳。
而結尾：別忘了翻開那本雜誌，看看它，好嗎？

之一

我想認識妳，我一直很想這麼告訴妳。

這句話說起來一定會很蠢，我知道，聽起來很像小男生第一次蹩腳的向女生搭訕，我可不希望在妳眼中看來像個蠢蛋。

但真的，我想認識妳。

我想認識妳，其實如果我這麼對妳說也蠢。

因為我早已熟知妳的生活作息，在這咖啡館裡。

我知道妳每天下午兩點左右會出現，帶著一副惺忪的睡眼出現，以一種慵懶的姿態，出現。妳習慣點一杯熱咖啡，待一個鐘頭左右，看一本雜誌，坐在最隱密的那個位子，一副並不想被打擾的模樣。

妳只看ELLE，有時妳會拿出筆抄寫一些東西。

我總是在妳離開之後，急急忙忙的翻閱那本雜誌，猜猜看到底是哪些文字吸引妳的興趣，竟能讓妳費工夫抄寫。

妳總是隨身帶著一支藍色的水性筆，然後抄寫在餐巾紙上。

我已經為妳準備好了一疊漂亮的信紙供妳寫字，雪白的信紙，我想這是最適合妳的顏色。

但我不敢告訴妳，因為妳還不認識我。

妳總是向我點一杯熱咖啡，妳會送給我一個微笑，妳會向我說聲謝謝。

妳的微笑，妳的謝謝，成了我每天的期待，要不是因為妳，我是不會心甘情願待在這咖啡館裡的。

但也有例外的時候。

有幾次妳提早來到，這種時候妳通常會午餐，妳會慢慢的，慢慢的吃完，然後露出一副滿足的表情，孩子似的，我喜歡妳孩子似的滿足神情。

我想認識妳，但其實我早已認識妳。

妳總是一個人來，妳每天得喝一杯熱咖啡，還有，妳的微笑好美。

我猜不出妳大概幾歲，妳是什麼職業，妳為什麼總是一個人。

妳看起來相當年輕，妳的打扮簡單卻又入時，還有，妳的聲音很好聽。

我猜想妳可能剛畢業，可能沒有工作，否則妳不會那麼悠閒。

還有，妳的身影看來好孤單，我好想認識妳，我捨不得看妳孤單。

妳是一個謎樣的女孩，我想認識妳。

一連好幾天，妳沒再出現，我很擔心。

我坐立不安，我心神不寧，我擔心妳是不是病了，我擔心妳會不會消失了。

我擔心再也看不到妳，看不到妳的微笑，聽不到妳向我說謝謝。

我還沒有告訴妳，我想認識妳。

嘿！新的ELLE又到了，妳看了沒？

我為妳準備好的那疊漂亮的信紙還擺在我的床頭，妳會不會喜歡？妳這次又想抄寫什麼文字？是不是陶子的專欄？我是不是猜對了？

我就要去當兵了，我擔心再也看不到妳，我很想向妳說聲拜拜。

媽媽看出我的不尋常，我是她生的，知子莫若母。

這家咖啡館是她的夢想，起初她要我幫忙，在這段時間裡，從畢業後到當兵前。開始我很不願意，但現在我感激她，如果不是因為這樣，我不會有機會認識妳，這樣一個女孩。

嘿！我好想認識妳，妳去哪了？是不是找到更好的咖啡？會不會也有一個男孩這樣的暗戀著妳？

我感覺到前所未有的沮喪，媽媽沒說什麼，她只說隨緣吧！她沒有說破。她從來沒有說為什麼執意要擁有這樣一家咖啡館，為什麼要堅持最好的咖啡。她沒有說爸爸去哪了？什麼時候會回來？真的會回來嗎？

一個星期後，妳又出現。

『熱咖啡，謝謝。』然後妳微笑。

我感覺我的靈魂又回到我的身體，我拿了最新的那期ELLE給妳，妳有些意外，有些驚喜。

『謝謝。』妳又說。

「送給妳。」我說。

妳不解，但我走開了。近情情怯，是不是這樣解釋？

妳沒翻開看，或許是妳不用急著在這裡看完，我躲在吧台裡，猜想。

原來妳有事忙，妳拿出幾本相簿，我不經意的走過，原來妳出去旅行了一趟。

我無法近看，我只大略看見照片裡的陽光明媚，所有的人都笑得那樣開心，我嫉妒他們竟能認識妳，能和妳一同歡樂。

要珍惜呀！我真想告訴他們。

妳好像趕時間，看完後，一口喝乾了咖啡，起身，買單，原本想將ELLE擺回架上的。

「我是要送給妳的，請務必收下好嗎？」

我急急的阻止。

妳還是不解，但微笑，道謝，離開。

我怔怔的望著妳的背影在我的視線裡縮小，縮小。

最後消失在我的視線範圍裡。

我有點遺憾妳沒在這裡看完那雜誌。

今天是我在這裡守候妳的最後一天，我明天就要入伍了，那微笑只能存在於我的記憶裡了。

我想認識妳，我還是沒有勇氣這麼說出口。

我甚至連拜拜都忘了說。

隨緣吧，最後我想起媽媽的這句話。

我只是在想，要經歷過多少的悲傷，才能釋懷的說出這句話呢？

嘿！我想認識妳，別忘了翻開那本雜誌，看看它，好嗎？

之二

我習慣每天到這裡喝一杯熱咖啡，讀一本雜誌，和自己待一會。

當我需要獨處的時候，我就會來到這裡，和自己待一會，陪自己喝一杯熱咖啡。

我不會帶朋友來，和朋友的聚會，我們總是去熱鬧的地方，這樣安靜的咖啡館，不適合喧鬧，只適合獨處。

我將這裡當成最自己的地方，我甚至不希望任何認識我的人，知道我會來這裡。

每當我想把自己藏起來的時候，我總是來喝一杯熱咖啡。

你絕對無法想像一杯好用心去煮的咖啡，會透過嘴唇，穿過喉嚨，帶給人多大的感動。

因為你從來不喝咖啡。

真的，它不僅溫暖了我的胃，也溫暖了我的心，還溫暖了我的冬天，沒有你的冬天。

到後來它成了我的習慣，我開始分不清楚，我究竟是醒來為了喝它？抑或為了喝它於是醒來。

其實我分不清楚的是，我是為了獨處而來到這裡？抑或為了來到這裡而獨處。
它是我最自己的地方，它有我喝過最用心的咖啡。

我不快樂已經很久了。
我找不到自己的定位，感受不到存在的價值，沒有過被需要的責任。
不快樂的原因，是該追溯於父母的離異吧！
他們在一起總是不快樂，分開後仍然不快樂。
他們認為虧欠我，於是給予我大量的金錢。
他們對於我的要求，只是好好活著，還有，快樂一點。
但是一對不快樂的父母，如何能夠教養出快樂的女兒？

那麼，你會讓我快樂一點嗎？
我把妳捧在手心裡疼。你曾經這麼對我說過。
那時候我們只是學生，我們好快樂，和你在一起，我好快樂。

你不喝咖啡，不抽菸，不喝酒。

你只想畢業後找到一份好工作，讓你的父母不用再做粗活，讓你的女友，快樂一點。

但是，我們又是從什麼時候開始不快樂的？

你一定不肯承認吧！我們背景的懸殊令你不快樂。

你批評我的金錢觀，你不滿我的無所事事，你不以為然我的父母以大量的金錢豢養我。

其實你知道嗎？你批評的，正是你心底對於渴望的投射。

我好想問問你，金錢真的就能帶來快樂嗎？你也答不出來了對不對？

終究該分手的，不是嗎？

畢業後，我們的生活陷入極大的差異，你忙，你有你的事業要努力，你有你的理想要達成；你開始分不出時間給我，你的女友，你要讓她快樂一點的女友。

捧在手心裡疼，這不再是你送給我最珍貴的禮物了。

而是分手時，你落下的眼淚。

你說對不起，我們到底不適合在一起。
如果我用四年的時間來愛你，那麼親愛的你，我又該用多久的時間來忘記你。
聰明如你，會知道答案嗎？

為什麼又突然想起你？在分手將近一年後。
我閱讀著雜誌上陶子的專欄，關於前男友回過頭來找她的心情。
我急急忙忙的拿出筆，找了餐巾紙，抄下來。
我只是想，或許哪天你倘若回過頭來找我，我也能學學她，這樣率性的同你說話。
雖然我也知道，這只是存在於我的空想裡。
你大概不會再來找我了吧，因為你忙。
捧在手心裡疼，不再有了。
我大可去買一本雜誌的，但我卻喜歡用手抄寫的感覺，那是我的，我寫下來的。
我常常抄一些她的文字，我想學一些她的勇敢，想自己也堅強一點。
而我到底還是軟弱，我總是偷偷落淚，還好我總是坐在最隱密的位置。
但還是被他看見了，那個總是將熱咖啡遞給我的大男孩。

他無意間瞥見，但他什麼也沒說，他不打擾我。

我感激他的體貼。

陽光似的大男孩，看起來好年輕的感覺，和世故的你，有著極大的差異。

我總是向他點熱咖啡，然後微笑道謝。除了微笑，我究竟還能表達什麼？

到後來它成了我的習慣，我開始分不清楚，我究竟是為了咖啡而微笑？抑或為了微笑而喝熱咖啡。

我對咖啡上癮，但我對愛情膽怯了。

那個陽光似的大男孩。

我決定離開一陣子，和朋友出去旅行。

『咖啡還是茶？』

飛機上，空服員親切的問；同樣的微笑，但帶給我的溫暖卻截然不同。

「咖啡，謝謝。」

我喝了一口咖啡，接著皺了眉頭，我知道，我是離不開的。

回國，倒頭就睡了一天調時差。

隔天在上咖啡館之前，我迫不及待先看相機裡的照片。
我已經好久沒有那樣開懷大笑了，我迫不及待想看看自己開心的表情。
但我發現他的神情和往常不太一樣，他顯得心事重重，大概是為了愛情而煩惱吧。
像他這樣的男孩，應該會有一個相稱他的女友。
我嘆了口氣，心情糾結，或許我是不該將這裡當成最自己的地方。
我想我開始無法在這裡獨處了，因為我開始在意某些事情了。
一口氣喝乾了咖啡，買單，將他遞給我的那本雜誌擺回架上。
但他卻堅持那是要送給我的。
為什麼？是感激我長久的消費嗎？我不得其解。
回家後，花了一晚的時間整理行李，臨睡前，才想起那本雜誌。
看看吧，我想。
翻開雜誌，我在專欄的那頁，看到幾張雪白的信紙，上面寫著滿滿的字。
開頭是：我想認識妳；而結尾：別忘了翻開那本雜誌，看看它，好嗎？
好呀，我啞然失笑。
可愛的大男孩，好呀。我明天再告訴你。

但隔天我到了咖啡館，卻不見大男孩的蹤影，我感覺到有些失落，我不知道發生了什麼事。

是那位婦人替我遞上咖啡的，她微笑的凝視著我，她告訴我，關於大男孩的事，還有，他們是母子，而這是她開的店。

我看得出來。她說，然後微笑，一切彷彿盡在不言中。

我們聊得很愉快，沒想到她最後竟問：『要不要來這裡打工呢？我們很需要一個人手的。』

需要？

「好呀。」我怔怔的說。

親愛的大男孩，或許這次換成我來等待你了。

想起　我的流星雨

有很長的一段時間，我以為我征服了一個人，
但後來，我才知道，其實被征服的是我。

我常想起，在峇里島看見的流星雨。

我已經困在這座小島兩年多一點了，我感覺到我的靈魂快要乾枯，於是同學問我要不要參加他們旅行社的員工旅遊？

「好呀！」我幾乎是沒有考慮的回答。

上飛機前，才知道目的地是峇里島，同學說我未免太過放心，什麼也沒問，就交了錢，給了護照，還有五天的時間。

什麼也沒問哦。他強調，同行的所有人都嘖嘖稱奇。

你是領隊，一年到頭待不了台灣多久，你怎麼懂得被困住的靈魂對於飛翔的渴望。

我反駁，在一團十七個人當中，我看見一雙發亮的眼睛。

他眼裡有光，那光亮告訴我他懂。

他懂得被困住的滋味，於是他長年旅行。

他不是領隊，和我一樣，我們都是那同學的朋友。

我們是有過一面之緣的，因為那同學的關係，只是後來我才想起。

那時候只知道他是個韓國人，隻身來到台灣，現定居這裡，還當過兵。

韓國人在台灣當兵，我覺得有點好玩。

他帶著年紀小他一倍的女朋友出現，我們話不投機半句多，各聊各的，沒有所謂的交集。

但現在，我看見他眼底的光，我重新認識這個男人。

韓國人，隻身來到台灣，現定居這裡，有自己的房子，還當過兵，算是半個台灣人了，但腔調仍然獨特，也沒有想要改變的意思，一副我行我素的模樣。

現在有著不錯的收入，但沒有金錢觀念，有錢花光光沒錢餓肚子，無法在同樣的環境裡安定下來。

而且，常常搞丟身上的東西，沒有什麼是他不曾搞丟過的。

人生難得糊塗，我想這應該會是他的座右銘。

典型的雙魚座，看不出年紀的外表，還有，他重感冒，沿途一路咳嗽，我有點受不了，因為他沒有摀嘴的習慣，而我討厭這個壞習慣。

「你這樣很沒禮貌，咳嗽不摀嘴。」我選擇直接了當告訴他。

直接，是我長久以來的習慣，唯獨在感情裡。

『女人家才會搗著嘴咳嗽。』他一副理所當然的樣子回答。

該死的韓國大男人豬。我心想。

話不投機半句多，我又想起當時初見面的情景。

你們是這樣相似的兩個人，同學後來說，他眼底閃過一抹笑意，當時我不知道那是什麼意思。

哪裡相似？為何相似？我後來知道答案，明白為什麼當時竟沒有反駁。

相處第二天，任誰都可以輕易的察覺，在他的身體裡，有一個年輕的靈魂在闖。

他的言語間，思考裡，散發出一股強烈的不在乎，他以一種遊戲人間的態度生活，並且愛情。

他把日子過得這樣灑脫，他眼底有道光。

我看見了，所有人都看見了。

我們玩得盡興，一夥人，瘋得來。

他不是那種話多的人，但一開口，有種令人不得不仔細傾聽的獨特幽默，我想那應該解釋為魅力。

而在他看來我是否夠魅力?我不確定。

我一度很想問問他，但我到底還是膽怯，在機場最後離別的那一刻。

那一刻，我看見他眼底的光亮黯淡下來，我不知所措，我只好沉默。

我們是這樣相似的兩個人，總能夠輕易惹來哄堂大笑，卻不夠默契。

我們都需要別人的配合，一搭一唱，將氣氛炒得火熱，但我們不善於配合對方。

於是他說話時，我隨著所有人開懷大笑，反之亦然。

我們是電池的兩極，我們擁有各自的能量，我們無法交集。

我原以為我不會愛上這個男人。

這個典型的雙魚座男人。

這個將生活過得這樣精采的男人。

這個血液裡存在著強烈不在乎的男人。

為什麼不談旅行?

旅行的本身並沒有特別之處，海神廟、泛舟、WATER BOM、搭馬車繞街、海鮮餐、日式烤肉、住上好的飯店、洗SPA、血拼、上車哈啦、下車拍照，沒有什麼特別的。

但這是我最難忘的一次旅行，如果不是因為有這些瘋得來的朋友們。

而夜晚，最是我們瘋狂的時刻。

第一晚，洗去長途跋涉的奔波，所有人聚到一個房間，把腳泡在按摩浴池裡，埋怨著蚊蟲的叮咬，開始由陌生轉為熟識，交換彼此生活在這島上的基本資料，傾聽他們每年員工旅行的趣事。

最後還發現電視頻道竟播放台灣政局裡還熱鬧著的八卦進展。

他在哪？我沒發現，還沒開始在意他的存在。

第二晚，泛舟爬山，操勞過度，全身痠痛，早早睡去。

他在哪？隔天聽他說整夜咳嗽，怕吵到室友睡眠，於是一個人整夜游泳，累了就抬頭看看星空。

原來這樣任性的男人也有體貼的一面？我是有點驚訝的。

我開始也習慣抬頭看天空，我總抬頭看星星，即使回來之後，也是。

可以看見完整的北斗七星，還有流星。他說。

流星？我半信半疑。

他說的話得打對折，我知道，因為我們是如此相似的兩個人。

他說的話總是真真假假，什麼事都能開上玩笑，唯獨感情例外。

我們是如此相似的兩個人，我們從不拿感情開玩笑。

不玩弄別人的感情，也不允許被玩弄，我們是如此相似的兩個人。

像妳這樣的個性，在感情裡，註定了不是征服就是被征服。

同學不止一次的為我下註腳。

征服或被征服？坦白說，我都怕。

有很長的一段時間，我以為我征服了一個人，但後來，我才知道，其實被征服的是我。

是我。

征服或被征服？我想要的，只是一個懂的人，就一個懂字而已。

第三天，所有人皆誤以為我征服了某人，他接近得這樣明顯，我們總是一同吃飯，一同行動，一同開玩笑，我們在血拼的自由時間裡先行溜去餐廳喝啤酒，等待所有人的到來。

我們談得來，如此而已。

我們性別不同，但我們談得來，如此而已。

但是關於這點，我想我們的認知不同。

合照，他笑著要我回家告訴媽媽，這是她未來的女婿。

想太多，我沒打算嫁人，我打算明年出家為尼，我看破紅塵了。我玩笑似的說，我不知道他懂不懂我的意思，但我希望他懂。

有些事情說破了只會傷了感情，壞了難得的友誼，尤其當對方是這樣好的一個人時。

我們什麼事都能開玩笑，唯獨感情。

我們是這樣相似的兩個人。

他在哪裡？他今天好安靜，我想大概是因為他一夜沒睡的緣故。

我好想再看見他眼底的光，我希望他今晚能好好睡覺，希望他能好好照顧自己。

第三晚，瘋狂的極致。

我們住到一家有沙灘的飯店，約好了晚上要去面海的餐廳吃海鮮烤肉還有喝啤酒。有兩個人遲到了半小時，我們約好要灌醉他們，再潛入房間裡強拍裸照以示懲罰。要兩人知道被等待是得付出代價的，尤其竟讓一群狠角色等待。豁出去了，我們為達到灌醉兩人的目的，使出渾身解數也陪著猛喝。喝了又吐，吐了又喝，我們玩得瘋。

我酒膽好，酒量差，打完頭陣，我幾乎半癱瘓的坐在一旁傻笑，那人照顧著我，但我的眼光卻是追尋著他，看他繼續接棒，他眼底有光。

他酒膽好，酒量佳，他成功的完成任務，那兩個人放棄掙扎不再吐，終於醉倒。

一陣歡呼，我卻想要抬頭看星空。

北斗七星呢！但流星呢？

我就知道，他說的話得打對折才行。

扛兩人回飯店，計畫繼續進行。

我們悄悄的溜進去整人，強忍著笑，沒人敢出聲，就怕壞了計畫。

但他卻大搖大擺的拿了菸，劃了火柴，抽菸；所有人抗議，他無所謂，即使是在這種時刻，他還是一派的我行我素。

還好，還是拍到了，肉色內褲，入鏡。

大屁股正對著鏡頭，相館老闆看了可能會作嘔。

咳成那樣還抽菸吃辣？我當時只有這個想法。

為什麼不好好照顧自己？我真的擔心。

他的言語間，思考裡，散發出一股強烈的不在乎，在他的身體裡，有一個年輕的靈魂在闖。

我開始有股危機意識。

征服或是被征服？他想要的是什麼？是不是也和我一樣？只是個懂字。

第四晚，離情依依，買了兩箱啤酒，湊出全部零食，還有晚餐打包的菜餚，飯店的沙灘再聚首。

這次不灌醉誰了，買光了便利商店最後的酒，誰也不想浪費。

不想浪費的不只啤酒，還有最後這一夜的時光。

瘋狂少一些，離情多一些，過了明天，我們將回到各自的人生。

我抬仰望佈滿繁星的夜空，像是想要多看一秒，就能多記住一點似的。

我知道這是多餘，因為我怎麼可能忘得了？

我一直望著星空，我只是在想，流星呢？

我們天南地北的聊，聊人生，聊工作，聊愛情，聊未來，三三兩兩，聊開來。

他說他曾窮到連泡麵都吃不起，過年哦！過年連泡麵都吃不起。

他坐在我身旁，我得轉頭看他，我聽得起勁，好想也過過那樣瀟灑的人生。

然後是愛情，他說起他的愛情觀，說他這樣的人總是遭到誤解，還說婚姻究竟能代表什麼？能保證什麼？

有人反駁，而我沉默，除了我懂，我究竟還能說什麼。

我們是這樣相似的兩個人。

而現在他坐在我身邊，我的沉默，是為了想多聽他說話。

征服或被征服，我想我知道答案了。

月亮代表我的心，他突然提起這首老歌，我有點意外，沒想到這樣的一個男人，竟也會喜歡這樣淡淡的小調情歌。

齊秦唱得真動人，我當時聽到流眼淚。

月亮代表我的心，我在心底輕輕哼著，想像著。

男人的淚，如此珍貴。

氣氛太好，他開始談起上個女朋友，那個年紀小他一倍的女生。

小女生欠缺安全感，很黏他，一旦找不到他，真會報警。

小女生從小沒有父親，渴望圓滿的家庭，她想結婚，他不相信婚姻，於是小女生找了別人結婚，為了氣他。

他的神情裡，言語裡，眷戀得不捨得這樣明顯，所有人替他惋惜，但我覺得悶，心浮氣躁。

我於是和那人玩鬧著，還有同學，我們又開始瘋了起來，互相把鞋丟向大海，我們玩得瘋。

他突然起身，離開，再回來時，渾身溼透，坐回原位，我的身旁，我的手臂被他的衣服碰溼。

去泡泡海水，很舒服。他解釋，接著提議去游泳池吧。
所有人起身，去游泳。
剩下我和那人點著打火機去海邊找鞋。
他先找到，再繼續找我的。
游泳池，繼續瘋。
飆速度，丟人下水，一群喝得醉醉的人，瘋在一起。
搖搖晃晃的走回房間，我和那人走在一起，而他和同學走在最後。
醉意正好，還嬉鬧著。要不要到我房間把冰箱的酒喝光光？他問，眼底寫滿期待。
我的腦海裡閃過兩個不同的未來，我抬頭望向星空，裝傻。
不愛他，放了他。所以我裝傻。
這晚難得比室友早睡，但我睡得極不安穩。

最後一天，過了今天，我們將回到各自的人生。
同學走到我身旁，有一搭沒一搭的閒聊，他突然冒出一句話：
『妳昨天都不跟他玩。』

我沒接話，不知道該怎麼回應。

征服或被征服，他想要的是什麼？是不是也就一個懂字？

在機場等候搭機，他一直坐在我身旁。

『妳昨晚有沒有看到流星雨？』他問。

又想唬弄我？連流星都沒看到。

『有，真的有，我去海邊的時候看到的，可能妳忙著玩，錯過了。』

這傢伙！我忍不住想笑。

然後他盯著我的手，不說話，像是在思考著什麼。

「幹嘛呀？」

『幾點了？』

我回答，但他好像想再說些什麼，卻又放棄。

順著他的視線望去，我看見那人買了咖啡走過來，遞給我。

我也要喝。我原以為他會操著那獨特口音，說。

但他沒有。

上飛機，下飛機。

在機場等候接送，住台北的他要先行離開。

再見。

他向所有人道別，我看見他眼底的光黯淡下來。

在你看來我是否夠魅力？我錯過機會問，在等候搭機的那時。

我們是電池的兩極，我們擁有各自的能量，我們無法交集。

回家後，我回到自己的生活，一堆瑣事等著完成。

這天，和朋友約好見面，送禮物。

興致勃勃的描述我的旅行，和瘋狂的玩樂，但不知道為什麼，我刻意避免提及那場流星雨，還有那光亮。

音響突然播放出〈月亮代表我的心〉，聽著聽著，我竟失神。

『要下雨了，走吧。』朋友說。

我搖頭，「我再待一會。」我說。

他們離開之後，外面下起大雨，我獨自坐在咖啡館裡，寫字，寫思念。

我被困住了　困在咖啡館裡
外面好大雨　我看著雨　想著你
我在想你　在寫我的思念　寫你
台北是不是也下大雨
我一直忘了告訴你　我看見了　那流星雨

205巷咖啡

她還是淺淺的笑，只是這次的笑裡帶些苦，
像是忘了加糖的咖啡，有咖啡的香醇，有奶精的濃馥，卻少了糖的甜美，
像是走味的咖啡。

二〇〇二年，二月三號，下午兩點，我遇見我的百分百女孩。

在二〇五巷咖啡，在台南。

小君跟著妳出現，在這熱鬧的聚會裡，當我遲到抵達的時候，妳們早已經玩瘋了，服務生好幾次過來請我們安靜些，但他們可沒打算理會。

於是小君的安靜，顯得格外引人注目，小君的安靜，是我對她的第一印象。

小君始終淺淺的微笑傾聽，不似他們旁若無人的喧嘩，小君靜靜的坐在妳的身旁，偶爾替愛熱鬧的妳加點水。

小君的舉止、小君的眼神、小君的微笑是那樣的恬靜溫柔，小君的一舉一動牽引著我的目光，在這熱鬧的聚會裡，以她的淺淺微笑。

妳不是那種會乖乖坐在位子上的人，於是我趁著一個機會替了妳的位子坐到小君的身旁，開始陪她慢慢的聊著。

聊年紀，聊學校，聊人生，聊愛情，聊她怎麼好像看來疲憊，突然的，小君冒出一句話：

『我有骨癌。』

小君的口氣這樣淡，淡得好像只是在說：我有點小感冒，或者是我昨天犯失眠，這類的。

我有點難以置信，小君看來這樣美麗，小君的長髮這樣烏黑，小君的眼睛大而明亮，雖然小君看來蒼白虛弱，但——

怎麼會？

我只得試著鎮定，我唯恐太過的震驚會令小君情緒激動。

於是我儘量顧左右而言他的說些：很傷腦筋的病哦，是不是很麻煩呢，要好好照顧自己哦，這方面言不及義的廢話。

但我終於無法釋懷，我小心翼翼的又問了一句：「怎麼會這樣？」

小君的眼簾低垂，輕輕的嗯了一聲，我看不清小君眼底的神情，但我想像那應該是帶些哀傷的。

氣氛被我弄僵了，我只得試著圓場：「我以為妳會像連續劇那樣，一把眼淚一把鼻涕的怪上天不公平，這類的。」

小君笑了，笑得開了些，不像是原先的淺淺微笑，這令我有點小虛榮。

『不然怎麼辦？』小君淡淡的說，還是淺淺的笑。

「怎麼發現的？」我忍不住還是好奇的問。

於是小君開始提起她的病，這骨癌。小君用一種很慢很慢的速度說話。

小君說她有一陣子身體總不舒服，但她不以為意，接著是急速的消瘦。

『二十腰呢。』

小君說她一度瘦到只剩二十腰，我簡直難以置信，那是多麼纖細的腰身？我難以想像。

「然後呢？」我接著問。

『然後那陣子我常犯疼痛，常常洗澡時也痛得受不了，就只好先蹲在浴室裡，等疼痛緩去了，再試著走出來。』

「不想告訴家人嗎？」

『嗯，怕他們擔心，也是不想讓人看見我脆弱的樣子。』

我的心揪了一下，為小君的逞強，儘管她看來是這麼的需要人保護。

「是哪裡痛呢？」

我繼續追問著，而小君卻好像不願意回答似的，僅是模糊的指了指腰際，然後，淡淡的苦笑。

小君不願意詳細說明她的病，可我卻無法停止想要關心的念頭。

「那現在呢？好點沒？」

小君點頭，說去年出了院，情況總算是控制住了，現在只得乖乖的定期做檢查。

『明天還要上醫院拿檢查報告呢，我想一個人去，想自己先知道結果。』

我很想再追問小君一些詳細的東西，像是該吃什麼藥呢？住哪家醫院呢？需不需要化療呢？這類的。

但妳剛好走過來，妳給了我一個不確定的眼神，接著展開妳招牌的笑容，把我趕到隔壁的座位，妳坐在我們之間，把全場的熱鬧帶過來，把這話題草草的打斷。

我看見小君鬆了口氣的神情，我猜想或許是小君不願意繼續這令她心傷的話題。或許。

熱鬧在我們中間展開來，小君又恢復了原先的淺淺微笑，然後替妳加水，或者傾聽，以她始終的溫柔笑容。

你們的熱鬧圍繞著我，我加入他們的熱鬧，服務生又過來請我們安靜些，我這才發現小君竟不知何時離開座位了。

「我去一下洗手間。」我說。

走到廁所，我見裡頭沒有人影。她去哪了？我不安的找尋著，終於在門外，我發現了小君的身影。

「怎麼在這裡？」

『裡頭好冷，我出來曬曬太陽。』小君笑著說。

於是我跟著蹲在她的身旁，慢慢的又聊開來。

我直覺小君並不想再談那病，於是這次我們聊著她的男朋友。

小君說他們交往五年了，從國中就在一起。

小君說他長相高大帥氣，會繪圖會彈吉他，是那種小女生眼中典型的白馬王子。

前男友。小君更正。

小君說和他在一起很好，小君說他對我很好，小君說我們的愛情很好。

「那為什麼分手？」

她還是淺淺的笑，只是這次的笑裡帶些苦，像是忘了加糖的咖啡，有咖啡的香醇，有奶精的濃馥，卻少了糖的甜美，像是走味的咖啡。

『很多女生喜歡他，我沒有安全感。』小君說。

『國中時一個臉上有雀斑，但長相美麗高䠷的女生喜歡他，嫉妒我，於是她開始對我放冷箭，惡意中傷我，她要小手段把一些欲加之罪扣在我頭上，我原以為他會信我，但他卻懷疑我。』

「為什麼他連最起碼的信任都不給妳？」

『他在大家面前質疑我，卻又在私底下告訴我他其實相信我，沒辦法，他畢竟太懦弱了。』小君又說。

「這樣的男人，為什麼還要愛他？」

他還是對我很好。小君又強調了一次。

「既然這樣，又為什麼還是分手？」

『他對每個人都好，我嫉妒。他曾經給一個女生畫圖，那圖畫得真細緻真漂亮，他從來沒給我畫過圖，當我看見那張圖時，我直覺那是出自他的筆下，問他，他卻不肯承認，被揭發了，他又說扯謊是為了我好。』

「善意的謊言？」

『算是吧，但雖然善意，到底還是傷了我，我寧願他對我沒有隱瞞。』

「你們因為這樣分手？」

『也不算，畢業後他去當兵，我繼續升學，我們的差距越來越遠，他對我不放心，他說他會配不上我，我告訴他別擔心，我會等他兩年，但他又簽了志願役，因為他家裡窮。』

「所以？」

『反正我們現在分手了。』

小君草草的結束這話題，然後起身，以一種迷離的眼神對我說進去吧。

走進那群熱鬧裡，你們卻說要散會了。

就這樣說再見了嗎？我覺得不安，所以我提議：「去安平吃蝦捲吧！我請客。」

於是我們分乘兩輛車，前往安平。

妳刻意讓出位子給我們搭同一輛車，臨上車前，妳又給了我一個擔心的眼神，我不知道那什麼意思。

在車上小君更安靜了，或者應該說是，她體力不支，閉上眼睛淺眠著，我注意到小君的眼皮時而跳動，我只是在想，此刻的她正想著誰？那個對她很好，他們的愛情很好，可卻還是傷了她的前男友？

安平，吃蝦捲。

所有人都累了，該是告別的時刻了，但我卻自私的想多留小君一會，於是我問：

「好不好再讓我這個地主請吃豆花？」

『好呀。』妳首先附和。

小君開心的吃著豆花，還把油膩膩的桌子給擦得好乾淨，妳解釋道小君有疑似潔癖症，所有人都笑了，小君也笑了，但妳卻微笑。

我認識妳好多年了，我知道妳的每個微笑代表什麼心情，我不知道為什麼妳此刻心煩意亂。

『要不要陪我回家？我哥哥很想你呢，反正寒假，你就來一趟吧。』

散會時妳突然問，我知道妳的用意，於是我欣喜的答應，妳看出我對小君的喜歡，於是我欣喜的答應。

但妳卻仍然不和我們同車，我不知道那什麼意思。

在車上，小君顯然心情很好的樣子，我們一直一直的聊天，聊快樂的事，不提骨癌，不提那個對她很好，卻還是傷了她的前男友。

休息站，我以為他們會過來會合，大家再喝杯咖啡什麼的。撥了電話給妳，妳卻說累了，要直接回家了。

妳會累？我有點難以置信。

上車，小君又恢復了原先的安靜，並且，開始撥電話給誰。小君刻意壓低聲音，我無法判斷她現在是和誰講話。

後來我知道了，電話的那頭是誰。

小君的情緒越來越激動，她的音量放大，我們不知所措。

小君一直重複不斷的說著：『我拜託你替你自己想一想好不好？替你自己想一想。』或者是：『對不起，我說對不起可以嗎？都是我的錯，這樣好不好？』

而那個，小君說和他在一起很好，他對她很好，他們的愛情很好的那個前男友，卻始終不領這個情。

車子要下交流道了，小君的情緒越顯歇斯底里——

『那我去死好不好？我死了你就高興了是不是？我在你面前死好不好？我叫我爸爸

明天寄訃聞給你，這樣你高不高興？為什麼要用我家人的生命威脅我？』

小君開始哭泣，我遞了面紙給她，示意好不好讓我替她和他說說話？我實在不忍心見小君這樣痛苦。

但小君搖頭，她拒絕。

一直到下車時，小君才終於掛了電話，她含著眼淚請求我，『不要將這件事說出去可好？』

「好。」我說。

然後小君從我的視線消失，小君瘦弱的身影消失在黑夜裡，卻走進我的心底。

晚上我在妳家過夜，妳的哥哥是我最好的朋友，而妳是我最好的紅粉知己，但卻老說我像妳弟弟似的，老要擔心我。

我夜裡無法入睡，我想找妳說說話，說說小君，但妳哥哥卻說妳一回來就睡了，隔天我醒來時，妳已經不見人影。

『和男朋友約會去了。』他說。

我一直沒見到妳的面，很奇怪，我就住在妳的家裡，我卻一直沒見到妳的面，我懷疑妳是存心故意躲著我，但究竟是為了什麼？我不得其解。

三天後，我要回去了，我撥了妳的手機向妳道別，妳在電話的那頭，淡淡的問我要不要過去喝杯咖啡？

「好。」

到了那咖啡館，卻只見妳一個人。

「妳男朋友呢？」

『被我打發走了。』妳說。『我弟弟要來見我呀。』

我跟著笑，說：「妳幹嘛躲我？這幾天。」

『你幹嘛找我？這幾天。』妳頂了回來，我不知道該怎麼回答。

沉默在我們之間擴散開來，我只得喝咖啡，突然又想起那抹忘了加糖的笑容。

『小君和你說了什麼？』妳突如其來的問。

我一楞，不知道這話什麼意思。

『這次又是什麼病？』妳又問。

「骨、骨癌。」我怔怔的說。

『騙你的，她的病是妄想症。』妳嘆了口氣，眼底不知道是不捨、抑或憐憫。

怎麼會？

『小君是我的朋友，所以我很少告訴別人這事，但你是我最好的朋友，我不得不讓你知道。』妳看了我一眼，又說。

『小君很安靜，沒什麼朋友，所以我常帶她出來，認識些新朋友，我以為這對她有幫助，但就像對你這樣，她對每個可能喜歡上她的人扯謊；說一些她想像中的絕症，我不知道該怎麼幫她，我不知道這究竟是幫了她還是害了她，我也不忍心見她這樣。』

「妳說的是真的嗎？」我一時間還難以接受。

妳沒回答，妳反問：『小君告訴你關於她男朋友的事嗎？』

「前男友。」我更正，我的心直往下沉，我不確定我是不是想繼續聽下去。

『小君愛那個男生好久了，從國中開始，我是先認識那男生再認識她的。』妳解釋。『但他已經有女朋友了，是一個高䠷的漂亮女生，臉上有一些雀斑，但卻不影響她的美麗，他們是很相稱的一對。』

我無言以對，我不知道該信誰。

『他們高職繼續同班，小君很高興，他曾經幫她畫了一張圖，小君高興很久，因為那男生沒幫他女朋友畫過圖，小君以為這是愛情。』

「這是嗎？」

『我不知道，或許他腳踏兩條船，或者其他什麼的，我沒問，反正前年他們結婚了，在那男生當兵前，那女生有了孩子，所以他們結婚了，很尋常的故事是不是？但小君從那時候開始……你知道。』

「再告訴我一次，我該信誰？」

妳沒回答，妳繼續說：『小君常常對著手機和那男生吵架，說些很令人擔心的話語，但我後來才知道，電話的那頭其實沒有人，我問過那個男生，他一頭霧水的反問我怎麼回事。』

妳嘆了口氣，不再說話。

沉默再度蔓延開來，我們無言以對，為了一個女孩。

『愛情使人瘋狂，是不是？』

妳最後問。

愛沒錯

那雙曾經愛過我的臉，
如今只剩下漠然；
心，怎能不痛？

坦白說當我接到她的電話時真有種報復的快感；更正確的說法是，聽到她打來的電話。

因為我沒有接起。

我望著手機，一響，兩響，三響……到了第七響，停止。

第七響，有什麼特別的用意嗎？又或者只是剛好？我不知道，也不想知道，因為我憎恨她。

我拿起手機，時間：十一點五十分。

笑。

我笑。

「妳永遠別想再從這號碼接到任何電話了。」

我真想這樣對她說，但是結果我並沒有。

那是我這麼長一段日子以來第一次的笑，在昨天十一點五十分時，我已經好久沒能開心的笑了。

因為她。

而時間同樣是午夜前的十分鐘，同樣是她，同樣是在第七響時掛斷，同樣的，我並沒有想要回撥給她的意思，只是這一次在報復的快感之外，我多了憤怒。

「妳憑什麼！憑什麼還有資格打電話來！」

但結果我還是沒有這樣告訴她。

冷戰（她或許會以為這是冷戰，但其實我知道是結束了）的第七天，她終於放棄再打電話來；她沒再打電話來，她傳簡訊，同樣是在午夜前的十分鐘，我不知道她到底什麼意思。

給我電話

我望著這簡訊，結果我還是什麼也沒有做，我關了燈，上床，我一夜好眠。

隔天的同一時間，我收到第二封來自於她的簡訊：

Will u still love me tomorrow?

「No.」

我很想這麼回答她，但結果我仍然沒有。

如果你問我為什麼，那麼我會很清楚的告訴你，因為我想折磨她，我要她知道任性是得付出代價的，並且我知道視若無睹遠比直接拒絕要來得更折磨人。

《烈火情人》的電影原作裡有這麼一段文字：受過傷的人更懂得如何生存下來。

而我則以為：被折磨過的人，更懂得如何折磨別人。

第三通：

你起碼要讓我知道你過得好不好！因為關心還在。

「不能心軟。」我在心底喃喃自語著；「想想自己受過的傷。」

我又說，然後放下手機，卻，一夜無法成眠。

隔天一入夜，我開始坐立不安，今天她會不會再傳簡訊來？有沒有終於死心了？是不是徹底放棄了？好不好放她自己自由了？好不好？

然後，然後第四通簡訊再度準時的送達至這個手機：

你知道一個女人最可悲的是什麼嗎？是她愛到連尊嚴都不要了。

終於，在第十一天，我還是哭了。

第五通，準時：

別讓我恨你

第六通，準時：

給我一個回答，我就能徹底死心了，從此消失從你的生命裡消失了。

此時此刻，我不禁也猶豫了心軟了掙扎了。

然後，然後我決定吞一顆安眠藥，因為我已經好幾天沒好好安穩的睡過了。

第七通，準時：

去開你的伊媚兒，我想告訴你的都寫在裡頭了，隨便你想看也好不看也好，都與我無關了，再見，如果還能再見的話。

我於是走進那個好久不曾進去過的書房，打開那台我從來沒想要過去碰它的電腦；開機，OUTLOOK，傳送接收，收件匣。

我看到第一封她寄來的伊媚兒，而時間是好久以前了，久到我都快要忘記那時候的我還是快樂的，幸福的。

第一封：

「妳也來台北了？」

這是你開口問我的第一句話，我的感覺好像是偷吃糖果被逮個正著的小孩那樣，手足無措，我只好不知所措的微笑。

我怕你會繼續往下問，問我為什麼要來台北？

為什麼要去台北？

當年我問了你不下上百次，也，爭執不下上百次。

那裡有我想要的生活。你總是這麼回答。

什麼樣的生活？忙碌現實並且快節奏？

『跟我一起去。』

這是你當年的回答，你自己的結論。

留在有我的城市，又或者就這樣分手。這是我當年的回答，我自己的回答。

而如果那時候真的就這樣結束了，或許對我們而言都是最好的結局吧。

只是或許。

但你還是問了，你問的並不是為什麼我也來台北了，而是——

為什麼在分手後才來？

我搖搖頭微笑，說真的我也不知道為什麼。

你好像還想再問些什麼，可你的手機響起，你匆忙的遞給我你的名片，然後說保持聯絡。

『真的要再聯絡，好嗎？』

你最後說，沒等我回答，你就匆匆的離開了。

和當年一樣，你的匆忙；還有，你的手機號碼。

第二封：

沒想到你會回信哪！我真的嚇了一跳，本來只是寄去試試也好而已。

以前你好討厭回信的，你就是只打電話，這一點你倒是變了。
你說好不好再見一面？不匆忙的那種見面。
我不知道，我需要時間好好的想一想，但接著你就說了見面的時間和地點。
你總是這個樣，這樣獨斷霸道，這樣什麼也不試的就做了決定。

再說吧！我真的不知道我會不會去。

第三封：
結果還是去了，真沒用。
聽到你現在過得很好，坦白說我一點也不意外。
你一直就是個擁有巨大翅膀的人，而你自己也知道，並且證明了。
然後你像個關心孩子的父親那樣問起你遺落了的我的生活片段。
我說不錯呀雖然有時候還是會想家——
為什麼要不告而別？
你突然問，打斷了我的話，你問；你終於問，終於有機會問。

說真的我一點也不意外，也不生氣，我知道你一直就想問。

思緒回到那天，我生日那天，我們最後見面那天。

那時候你已經去了台北，你開始忙碌，你開始分不出時間來給我。

但你說會抽時間陪我過生日，反反覆覆的，一會說就要出發了，一會卻又說還是走不開。

我記得很清楚，因為那天我一大早就起床開始等你，等你來陪我過生日。

我等了你一整天。

等到晚上十一點五十分時我做了一個決定，我決定分手，我沒告訴你我的決定。

我告訴你我去找你，我要去見你最後一面，而你不會知道，這是最後一面。

在往北的火車上我拚了命的準備好最快樂的模樣，就好像什麼事也沒發生過那樣。

我要快快樂樂的見你最後一面，我要你記憶中的最後的我是快樂的，是幸福的。

然後，然後就是你知道的了。

我在那張車票的背後寫下不要再聯絡了，bye bye。
趁著天亮時從你的身邊溜走，我望了最後一眼你那孩子似的睡顏，然後悄悄溜走。
當天就換了電話號碼，從此真正不再聯絡。
就這樣斷了線。

本來應該是這樣的，不是嗎？

第四封：
你好詐，竟趁那時我去洗手間時用我的手機撥給你自己。
你每天在午夜前的十分鐘給我電話，原來你還記得。
你絕口不問我的感情生活，也不提及你的，你問我可不可以再見面？
為什麼要再見面？
「因為我們都在台北了。」你最後說。

第五封：

還是又溜走了，這次。

你說其實你已經結婚了，我望著你空白的無名指，憤怒。

你這算什麼！

因為我一直沒忘記妳。你說。我找不到妳，但我一直沒忘記妳。

不應該是這樣的，不應該的……

我在你的懷裡哭泣，你抱著我，你說對不起，你還說不要我哭泣，因為心疼。

怎麼辦？

我們還是要了房間，在浴室裡我望著鏡子裡的自己的臉，決定還是溜走。

因為我想起了另一張臉，她的臉，我沒見過的，她的臉。

於是我要你到便利店替我買咖啡，然後還是溜走了。

對不起。

第六封：

怎麼辦？

你在公寓的樓下等我，你說你要一直等，等到終於見到我為止。

為什麼？

你說你已經失去過一次了，不要再失去第二次了。

我還是哭呀，你不要我哭，可你卻老把我惹哭。

怎麼辦？

我還是好愛你呀！我也……一直沒忘記你。

還是想再擁有你，還是放不下。

第七封：

對不起，這封信是寄給你的，可我卻想告訴她，對不起。

我真的沒有辦法……不愛你。

每天每天我都告訴自己不可以再這樣下去了。

每天每天我卻又期待著午夜前的十分鐘，期待著你打電話來告訴我，愛情還在。
雖然是錯。

第八封：
你說她好像發現了，你說你要離婚。
說真的這並不是我想要的結果。
和別人共享一個男人的滋味固然難受，但真的要她徹底失去的話，我……怕。
你知道我離不開你，我知道我不該完全佔有你。
錯誤的愛情。
好累。

第九封：
最後一次問你怎麼辦
我懷孕了
生日那天告訴我答案

你說了無論如何也要來陪我的

這次

我不會再溜走了

除非你沒來

看到這裡我覺得好累，窗外的天色已經明亮了，我覺得好累，但卻不想睡。

我閉上眼睛試著想像著她當時的混亂與掙扎，試著回想她一次又一次的逃跑，試著

……

然後我做了一個決定，我決定，這次換我做決定。

我按下那個號碼，我想聽聽她的聲音，最後一次。

『你沒來！』

電話一接通，她劈頭就這麼說，語調裡充滿著焦急與混亂，我知道她一直在，等著這通電話再打給她。

『我那天一直在等你，我越等心越冷，我一個人待在房間裡面什麼事情也沒辦法做就開始胡思亂想，你老是叫我不要想太多不是嗎?可是時間一直過去，你卻沒來，電話

也不接，我真的沒有辦法不胡思亂想呀！』

「……」

『我拚了命的告訴自己你大概是睡過頭了八成是被事情絆住了或許是手機弄丟了，我越想心越慌，我擔心，我好擔心你是不是怎麼了？不能再這樣胡思亂想下去了我也知道，所以我只好吞了顆安眠藥讓自己先睡一覺，我吞了安眠藥還是睡得不安穩，你不是說要來？不是說無論如何都要來陪我過生日？』

電話那頭開始傳來哭泣的聲音，我開始也心亂了；我試著想說什麼可卻說不出口，因為我已經好長一陣子沒開口說過話了。

『知道嗎？那時候我做了一個夢，我夢見你。』

「……」

『我夢見你來向我道別，你說再見，你沒來你卻說再見，我一直哭，你不要我哭我也知道，可是我沒有辦法，我夢見你向我道別，可是醒來之後你還是沒來，沒說再見，沒有交代沒有解釋，我感覺自己像是一個被遺棄的垃圾一樣，你為什麼要這樣對我？為什麼連一聲再見都不給我？』

眼淚，滑落。

他說再見了，那個時候，他向妳說再見了。

「我是他太太。」

電話裡傳出倒抽一口氣的聲音，然後沉默，但是沒有掛斷。

「這個號碼現在是我在用了，從那天以後，妳知道是哪天。」

『……』

「我一直就知道你們的事，怎麼可能不知道呢？妳知道我感覺最羞辱的是什麼嗎？我從他開始變得快樂時才起了疑心，這真的是一種……羞辱！他用他的快樂羞辱我而不是背叛，有什麼比這個更悲哀的嗎？」

還是沉默。

「但是後來妳讓我很快樂，我聽到妳打電話來，我沒有接，但妳還是打來，妳一定很痛苦吧！我有種報復的快感，我真的很快樂，妳終於也明白我的感受了吧！那種不被在乎的感受……對了，我一直很想問妳，為什麼總在午夜前的十分鐘打電話來？」

『那是我出生的時刻，他總是在這時候打電話給我，他說除非是不愛了，否則會每天打來給我，在我出生的時刻，讓我知道我們的愛情還在。』

所以她每天打來？想告訴他愛情還在？

『他現在在哪裡？』

心，隱隱作痛；我的，她的，都是。

「妳之後傳來的簡訊只有我看過，我真的很難過雖然我不想承認，女人最可悲的是愛到連尊嚴都不要了，這是妳說的，那我呢？妳知道我覺得最可悲的是什麼嗎？是他已經不愛我了但我卻還是一廂情願的愛他！」

『他為什麼要躲我？』

「後來我去看了妳寫給他的 mail，不介意吧？說真的看完之後我發現我沒有辦法恨妳了，我輸了，這是擺在眼前的事實，我承認；但妳知道為什麼我終於認輸了嗎？我始終不認為妳比我還要愛他，但我真的承認妳比我把他愛得更好。」

『對不起。』

對不起，她說；她說對不起，她哭著說。

「我也有錯。」

『……』

「我一直以為我們相愛，我們到底也曾經快樂過，可是我始終沒有辦法了解他，不被最親近的人了解是一種痛苦，不是嗎？我知道他寂寞，我們都心知肚明回不去了。」

我嘆了口氣，才能夠繼續說下去：

「然後妳出現了，我可以替他這麼說嗎？妳的的確確是以一種救贖的姿態出現在他的生命裡的，真的我替他高興，能再遇見妳——」

在他生命的最後。

還是說不出口，我還是說不出口。

哽咽。

『他死了？』

「如果這麼想能讓妳好過一點的話，妳就當他死了也好。」

『告訴我好不好？告訴我！』

沉默。

「把孩子生下來吧！他告訴我了，為了我們三個人好，把孩子生下來。」

她還是哭，令人心碎的哭泣。

「你們的愛沒錯，這是我最後想對妳說的話。」

然後我把手機關了，閉上眼睛仔細的回想那天的經過，她生日那天，他離世那天。

我怎麼也忘不了那天是怎麼來又怎麼去的。

那天我們爭執，他執意要出門，我執意要他當場把話說清楚；在車前，透過車窗，

那是我對他最後的回憶。

車窗內他的眼神，是我一輩子的痛。

『我知道我對不起妳，但今天是她生日，我答應好了要去陪她的。』

「你把我當什麼！我是你的合法妻子！你的合法妻子是我！」

我吼他。

『是妳不要離婚的。』

「是你要結婚的！」

僵持。

那張曾經愛過我的臉，如今只剩下漠然；心，怎能不痛？

『她懷孕了。』

我哭泣，透過車窗，他的眼神幸福得令我心痛。

「你還是怪我對不對？」

『沒有。』

「孩子沒了是我的錯，你一直就是這樣認為的對不對！」

『我來不及了。』

他別過頭，開車，這是他最後留下來的話。

一個小時之後，我接到警察打來的電話，午夜十二點，我從醫生的手中接過死亡證明書。

我在醫院裡送走了兩個生命，一個是來不及出生的我們的孩子，一個是來不及告訴他我還是好愛他的，我的丈夫。

我只是在想，如果不是那場爭執，他或許就不會遇上那場車禍，那麼我就可以繼續恨他，心安理得的，恨他。

問我為什麼不怨她不怪她不恨她？其實我也無法好好的解釋清楚，或許只是我終究也懂了——

愛，沒錯。

重逢

變的是我，沒變的是你，
令我改變的是你，
而你沒變的原因，
卻不是我。

兩年四個月後，遇見你，在7-11裡；如果不是因為同時走向收銀台，或許視而不見是對彼此最好的選擇吧！對於我們這樣一對久別重逢的昔日情人而言。

「好久不見。」你說。

「好久不見。」我說。

順著視線望見工讀生模樣的店員遞給你的萬寶路香菸，不禁脫口而出：「還是沒變？」

『是呀。』你的嘴角慢慢漾開一絲絲微笑，沒變的還有那靦腆的笑容，『倒是沒想到妳竟也學會抽菸了。』

我笑著拿起收銀台上的薄荷涼菸。

變的是我，沒變的是你，令我改變的是你，而你沒變的原因，卻不是我。

想起決裂前的那晚，我負氣的站在窗口望著你拎著被我匆忙打包的行李，緩緩的走進對街的7-11，然後走出來，點火，抽菸；過去雖然無法忍受菸味，但是卻喜歡你抽菸時微微皺眉的神情，如此憂鬱，如此迷人，你總是這個樣，總是一貫的從容、優雅，即使是面對我的歇斯底理、我的傷心欲絕。

永遠無法忘記的是，那時透過我眼中滿溢的淚水、煙霧瀰漫中的你的側臉，眉宇中竟有種解脫的淡然；其實，一直沒說的是，傷我最深的，不是你的背叛她的介入，而是當時抽著菸的你的表情。

「你和她還好吧？」

『妳不是不抽菸的嗎？』

一陣沉默之後，你我兩人不約而同的開口，對於這突如其來的默契，我們也同時的啞然失笑。

「後來很多事情都變了，當初的堅持，現在看來都顯得多餘了！」

『是呀……我們那個時候常常為了我的菸癮而爭吵。』你微笑著，走出7-11，低頭燃起一根菸，接著，也為我燃起一根；『妳說妳害怕我得肺癌，妳不要一個人活在這世界上。』

昔日爭執時伴隨而來的甜蜜猶然歷歷在目，然而此時一種遲來的難堪卻刺得我椎心的痛；自嘴裡緩緩吐出的煙圈隨著風嗆進我的眼底，如同當時怯生生的抽第一口菸時一樣，讓嗆出的淚爬滿了我早已滿是淚痕的臉；原以為不會上癮，但是其實很多事情都只是自己的以為，就像當初我脆弱的以為我的愛就要在一生一次的付出中融化殆盡……當你走出我的生命時候、我的生命也將隨之枯萎一樣。

「你和她還順利吧？」

想起了那個女孩，那個清秀佳人型的女孩，臉上總是一抹淡淡淺淺的溫暖笑容，彷彿是一轉頭就能看見她的笑容似的令人安心，這樣的女孩……我從來不是這樣的女孩！

你低頭沉思了一會，接著將手中的菸捻成漂亮的S形，才說：『分手了，在不久之後。』

或許是察覺到我眼底的難以置信，於是你嘴角的迷人笑容變得有些牽強，當你試著想再解釋著什麼的時候，此時，我的手機也正好響起。

『妳男朋友？』

聰明如你，僅由幾句簡單的對白即洞悉一切；而我微笑著點頭，請原諒我藏不住幸福的甜蜜，也該算是託你的福，曾經讓我傷得太深、所以才更能懂得珍惜幸福的機會。

「已經兩年了，他就快要不是我未婚夫了呢！」

『兩年了……』

你低下頭去若有所思。

以四個月的時間來結束一段刻骨銘心的愛戀算短嗎？不論是長或短，傷過一次就夠了。

真的，夠了。

「舊事重演？」

雖然也知道這樣的話語有欠厚道，但此時我的心裡卻真的有一股報仇的快感；不夠大方、太小心眼，我承認。你笑得有些尷尬、有些失落，那種若有所失的憂鬱眼神，我曾看過，也曾經心醉過；還是有一絲絲的不忍，於是只好坦承道：

「我以為她是那個就算天荒地老了也還會一直守候著的女孩……」

『錯的是我。』

錯的是我。

同樣的簡短句子曾經在兩年四個月前對著我重複過；不同的是，這次你的眼底卻多了眷戀……

「你剛剛是想說些什麼呢？當我手機響起時。」

『我想說的是……』你的眼神閃爍了一下，不太明顯的；才說：『你們，什麼時候結婚？』

「騙人，那個時候你根本還不知道我有男朋友了。」

我笑著又燃起一根菸；從來不擅言辭的你，還是不善於撒謊。

而你笑了笑，笑容裡有著被識破的難為情。

真的好喜歡你的笑容。

在分手之後，對於與你的記憶早已慢慢模糊，你的容貌、你的聲音、你抖落菸灰時瀟灑的神情……但、一直沒忘的是，你那溫暖的靦腆笑容。

『我在想……如果妳問起的話，我的答案是，從分手後，我一直是一個人，因為在我的心底有個影子始終散不去。曾經以為這塊空白就要這麼缺著了，沒想到，還有一天能夠遇見她。』

雖然我的內心一直在提醒著自己，這一切只是我的自作多情，但是我卻還是忍不住紅了眼眶……還來不及釋懷些什麼的時候，手機卻又響起——

「……你現在來接我吧。」

我低垂著頭，不願讓你看清我現在眼底裡的難過；捻熄了菸，一貫的由背包裡掏出香水瓶，熟練的由耳後、頸間、然後是手腕，不等你的開口，便自言自語般的解釋道：

「他不喜歡我抽菸，所以我總是很小心的掩飾著。」

你那淡淡淺淺的笑容慢慢的褪盡散開，取而代之的是原先的憂鬱；你微微的嘆口氣，原想再抽根菸、但不知為了什麼，卻又放棄。

『但是妳沒有問，其實我本來也沒打算說，真的。但是……很多事情總是難以解釋清楚的，我們的分離、我們的相逢……很難解釋的、這些事情。』

我沒有說些什麼，只是靜靜的聽著你說、感受你的孤寂；其實，男人的寂寞更勝女人。女人寂寞時，可以流淚可以軟弱，但男人卻只有自己，女人可以享受寂寞，但男人卻只能獨自承受。

『不能抽別人的最後一根菸哦……因為那代表絕交的意思。』

等我回過神來的時候，你的臉上早已換上那溫柔的笑容，像是個叮嚀著孩子的父親似的神情，順著你忽然望向遠方的視線看去，是我的他來接我了，也該是道別的時候了。

『那……』

「嗯？」

『祝妳幸福。』

「你也是。」

『再見。』你說。

「再見。」我說。

再見，我最深的愛。

寫給你的最後一封情書

我們的愛情，從開始到結束，
從結束到完全失去聯絡，
不過就是一個門號的時間。

換門號了，在通知完所有人之後，突然想起你。

沒有什麼特別的意思，就，突然想起你。

這個門號有兩年的時間，而我們的愛情，從開始到結束，從結束到完全失去聯絡，不過就是一個門號的時間。

而這個門號有那麼多我們的回憶呢！

吵架的時候，賭氣的誰也不肯開口說話，仔細回想，賭氣竟是我對這段愛情最多的回憶，是該怪我們都孩子氣？還是該怪我們都不懂妥協？

在別人看來，我們是如此相似的兩個人，但我知道，我知道我們之間存在著極大的差異。

那你呢？你知道嗎？

我不是從一開始就愛上你的，那你呢？

迎新舞會上，身為主辦人之一的你卻姍姍來遲，當時氣氛已經炒熱，我們玩得鬧得正瘋狂，但你的出現還是引來了所有人的驚呼。

你們這群主辦人全部以女裝亮相，可愛的女裝亮相，等你到齊，你們才上台跳舞，氣氛達到最高潮，所有人被你們逗得為之瘋狂。

接下來是慢舞時間，你直接的就走到我的身邊，推開了我的同學，霸道的說得跟學姐跳支舞才行。

你真的很礙事你知道嗎？當時我和他正處於曖昧階段，我們正嘗試著交往的可能性。

但你推開他，並且將我推進你的愛情裡。

『再打電話給妳。』最後你總是這麼說，也不道歉，也不解釋，就一句話，再打電話給妳。

我總是氣得摔了電話，但卻又開始盯著它，等待，等待你再打電話來。

但你總是說了又忘，而我總是傻傻的就這麼相信你了，相信你說再打電話給我。

好幾次我沉不住氣先打電話給你了，背景總是傳來震耳欲聾的吵雜聲。

你又和朋友玩瘋了吧？你又忘記還有個人傻傻的等你，等你再打電話來。

你總是這樣，總是信口承諾，總是令我輕易的就信了你。

送舊那天，你當主持人，我在台上替你把氣氛炒得好熱。

雖然之前我們才吵了一架，雖然當時我還生你的氣，但我就是無法看你失去光彩。

失去了光彩的你，還會是我深深愛過的那個你嗎？我不確定。

用餐時間，你坐到我的身邊，你一臉無辜的說：『怎麼吃那麼少？』

「心情不好呀！」我沒好氣的答，然後躲起來。

在樓上，我看著你走進舞池繞了一圈然後離開，我有種報復的快感。

畢業後，我得離開實習，而你該繼續留在學校，我們將分隔兩地。

我曾經一度很想留在有你的城市實習，但你始終沒有開口要求，而我也賭氣的不問。

賭氣，又是賭氣。

在學校快樂久了，開始的實習生活帶給我極大的痛苦，得早起，得適應，得勞累。

我總是想起你，想你在那裡一定玩得不亦樂乎吧！

但你突然出現，在我實習的場合，帶著你一貫的笑容，令人又愛又恨的笑容。

你一直待到我下班，然後我們去有邋鞦韆的咖啡館，我們一直一直的說話，像是要把這段日子的空白填滿那般的，說話。

突然的你拿出一本書，說是畢業禮物忘了送我；我想拆開紙袋，你卻說回家再看吧。

我真聽你的話，回家後才拆開來看。

《遇見百分百的女孩》。

我們到底也曾經快樂過，不是嗎？

有一次你惹事了。

你是學校裡的風雲人物，欣賞你的人多，看不慣你的也多；但你不在乎，你依舊我行我素，你總是令人又愛又恨又氣又羨。

但這一次真的鬧大了，你被惡意挑釁，你出手傷了人；那人被送進急診室，而你被迫自願休學。

朋友們都捨不得你走，他們都找不到你；我從他們口中得知這件事，我著急得什麼事也沒辦法做，因為我也找不到你。

終於在夜裡，你打電話來，你的聲音聽起來好難過，我第一次聽見你的脆弱，不再是平時那個意氣風發的風雲人物，而只是個闖了禍的孩子。

我在電話的這頭陪你難過聽你哭泣哄你安心，我第一次替你的年少輕狂感到可惜。

我曾經是那麼的喜歡你的年少輕狂呢！但到底是你學不乖？還是所有人都寵壞了你？

說出來你不會怪我吧？其實那時候我好高興，那時候你只想說話的對象是我，不是任何人。

那是我第一次感覺自己在你心中的獨特性，那是我第一次感覺你是屬於我的，而不是大家的。

但是當一段感情的爭執多過快樂時，到底還是該結束的吧。

再打電話給你。

最後一次的爭吵，你以相同的話語作為結束，終於這次我說不用了，真的你就沒再打電話來了。

到底還是該分手的吧。

我們連分手都不用說清楚，就這樣真的結束了。

過了好久，在情人節前夕，我卻又接到你的電話，你開開心心的說剛從日本玩回來，買了禮物要給我；我來不及問你是什麼禮物？你什麼時候去的？去了哪裡？

電話被搶來搶去的，是你身邊的那些朋友，那些我們老玩在一起的朋友；和他們嘻嘻哈哈的笑著鬧著，感覺好像又回到了從前，我甚至差點忘記了我們之間的距離。

但是掛上了電話之後，還是感覺若有所失。

你懂我的若有所失嗎？你懂我們長久以來的爭執嗎？

我們都是愛熱鬧的人，但有的時候，我真想只和你獨處，我真想只有我們兩個人的時間。

你連這點也不懂，你到底還懂什麼？我真想問問你，你到底有沒有懂過我？有沒有懂過我們的愛情！

我真討厭藕斷絲連，可有很長的一段時間，我們藕斷絲連。

偶爾你傳來些不著邊際的簡訊，還有一次，你稱呼我為親愛的。

親愛的，誰是你的親愛的！你是傳錯人了？還是你存心故意的？你為什麼就是不肯規規矩矩的問聲：妳現在過得好不好？

究竟是為了什麼！你連這點都做不到！你究竟還能做些什麼？

你沒再打電話來，是在意我說不要那禮物嗎？我為什麼還要去找你？我真想問問你！就為了一個我不知道那是什麼的蠢禮物嗎？

你不是說要來找我？為什麼沒來也不給個電話？你知不知道我會擔心？你知不知道我還是會難過？

你總是這樣沒禮貌，總是這樣惹我生氣，即使是在分手之後，你還是能輕易的看出我的生氣，你究竟是哪來這麼大的本事？

空等了你一天，回家後，沒心情再追問，直接的就把你的號碼從手機裡刪除了。

很可惜呀我真覺得。

我們本來可以是那樣契合的朋友，只是後來連做朋友也沒了緣分。

什麼情呀愛的，在我們這樣相似的兩個人身上未免多餘，未免可惜，未免浪費。

如果可以再重新來過，我真希望我們只是朋友，不是情人，只是朋友。

我沒有忘記你，也沒有再想起你，可能也不在乎你了。

我只是在換門號的時候，突然想起一個問題——

你是不是還用那個門號？

還好我早忘記你的號碼了，於是我們終於可以做到真正的一刀兩斷。

獨白

我只能試著不相愛，
讓我們的感情變成只是兩段單行道的愛……

二〇〇二。冬夜。高雄

最後一次接到小淳的電話是在夜裡，當時她的聲音聽起來有點奇怪，怎麼說呢？她好像試著想裝出開朗的聲音，可語氣卻掩不住的低落，有一種旁人聽得出來、而她自己也察覺了卻又跳脫不了的那欲蓋彌彰的混亂感，這不太像我記憶中的小淳。

『你現在人在哪呀？』

「在軍中呀，今天留守，怎麼妳又換門號了嗎？」

『沒啦！我來這裡探朋友，結果一下火車才發現手機竟搞丟了，傷腦筋，也沒記住他的號碼，他還在等我打電話告訴他我人已經到了呢。』

「那怎麼辦？妳還記得其他知道他電話的朋友嗎？」

『沒有了，我只記住過你的號碼。』

我不太記得後來我們又說了什麼，也不知道小淳後來怎麼辦，我只知道那晚的風好像有點大，因為小淳的聲音聽起來很縹緲的感覺。

有種很不真實的味道。

那天夜裡我失眠，我的腦子好像是一部故障了的留聲機那樣，反覆的播放著小淳說過的那句話——

我只記住過你的號碼。

而她的口吻是淡淡的，淡淡的卻迷亂。

而迷亂，從來不是我記憶裡的小淳。

二〇〇二。秋末冬初。高雄

最後一次見到小淳是幾個月之後，也是夜裡，我突然接到好久不見了的小淳所打來的電話，而她劈頭的第一句話是：

『哇！沒想到你竟還用這個門號呢！』

「小淳？」

『對哦！都忘了先報上名來，搞不好你早已經忘記我了也不一定呢！呵～』

多麼熟悉的笑聲呀！清清脆脆的，和小淳的眼睛一樣、不染塵似的、純淨。

我沒見過那麼純淨的女孩，不論是本質上，又或者從各方面而言。

我們就像是久違了的老友那樣，簡單的交換起彼此遺落了的生活片段，小淳說她又跑回去當學生了，我則說我現在在當兵，就快退伍了，如果順利的話。

小淳沒聽出我話語裡的保留，反而是興奮的問我退伍後怎麼打算？

「想去尼泊爾。」

『去尼泊爾幹嘛？』

「流浪呀。」

『唔……真不像你的 STYLE。』

「怎麼說？」

『怎麼說我也不知道，但我一直就覺得你是屬於東京的人哪。』

原來小淳沒忘記我們的約定。

我當時以為或許我還有機會去實踐曾經許過小淳的諾言，但後來我才知道，很多事情，錯過了就是錯過了，壓倒性的多數，都是。

那天夜裡我們約定好再見面的時間，同樣是在夜裡。

不知道是小淳刻意的安排、又或者只是純屬的巧合，重新聯絡上的小淳總是出現在夜裡。

那是一個下著雨的寒冷冬夜，我們約好在火車站前面的咖啡館見面，那天我遲到了半個多鐘頭，一到咖啡館，我馬上撥了小淳的號碼，小淳當時並沒有接起，當時我以為小淳是不耐煩等候、索性就走人了，因為小淳是我見過最沒有耐心等候的人。

但沒想到小淳卻是從面前喊住我，她笑嘻嘻的說：

『喂！人就在你面前哪！』

望著眼前的小淳，我楞了好久。

小淳和我記憶中的模樣變了好多，但究竟是哪裡改變了？至今我依舊無法說個明白。

彷彿已經不再是我記憶中的那個小淳了。

就，變了好多，感覺。

『怎麼和久違的老朋友見面也不守時呀你這傢伙！虧我還特地搭了火車來探你欸！』

小淳笑嘻嘻的說，可我卻一句話也搭不上來，就是連在來的路上都已經想好了的藉口，也好像沒有力氣將它道出那樣，我什麼反應也沒有辦法做出、除了怔怔的望著小淳。

小淳站在我的身邊，和我一同看著櫃檯上的點單，點單上面印刷著精美的中文、英文，還有阿拉伯數字，但奇怪的是我卻什麼也看不進眼裡，我想那大概是因為我心亂而心亂，是因為小淳就在我的身邊。

「我幫妳點就好了，妳先上去吧。」

『為什麼？』

「因為裡面比較溫暖呀。」

『哦。』

小淳好像很不願意的樣子但還是獨自先行上樓，不一會卻又從樓梯探出她的小腦袋，說了她找了四樓靠窗口的位置；我對著小淳比了OK的手勢，她聳聳肩膀又獨自上樓。

我感覺得出來小淳努力著想表現出開心的樣子，但在那開心的背後，卻又好像包含著什麼巨大的不安似的，因為我看得出來小淳靜不下來，我感覺她好像為了什麼很焦躁似的，或許那正是她之所以想見我的目的。

四樓。

我端著兩杯熱的卡布奇諾四處張望著，最後還是小淳喊住我：

『嘿！你怎麼老是看不見我呀！』

「不……」

『嗯？』

「怎麼說呢?和剛剛在樓下一樣,我確實是看見妳了,但我就是沒有辦法把眼前我所看到的那個女生和我記憶中的妳聯想在一起。」

『為什麼?我變了很多嗎?』

我思考著該怎麼貼切的說出我眼前的小淳的改變,但小淳卻急躁的打斷了我的思緒,她自顧著說:『不過就是頭髮長長了嘛!然後笑,清清脆脆的笑聲。』

或許我知道小淳為什麼打斷我,因為她不想知道答案。

「剛在寫什麼?」

小淳順著我的視線望向她在泛著霧氣的玻璃窗上以手指留下的字跡。

『好巧哦!我記得我們最後一次見面那天也下大雨對吧!我記得你當時還說了:幹!這是我這星期淋溼的第三雙球鞋了。沒錯吧!呵~』

為什麼想轉開話題?

「寫誰的名字?」

『寫一段隱密的愛情。』

沉默了許久,小淳終於還是據實以告。

我望著小淳,大概猜出她為何焦躁,還有,她為何想見我;因為我了解小淳,儘管她從來沒有了解過我。

『問你一個問題。』

「嗯？」

『如果一開始就做好結束準備的愛情，你想究竟還有沒有繼續的可能？』

「是怎麼樣的一個人？」

『一個錯的人。』

小淳簡潔的說，她低垂著眼簾，好像想試著以微笑來緩和氣氛、但最後卻又放棄；仔細回想，迷亂，好像是我對小淳最後的記憶。

『一開始就錯了哦。』

小淳又說，然後終於成功的笑著；我真的，好喜歡小淳的笑。

『其實呀！我今天是來見他的，然後順便探探你，偶爾也該和老朋友聯絡一下不是嗎！』

「是妳先把門號換了的，我找過妳，但我找不到妳。」

『你找過我？』

小淳突然認真了起來，而我點頭。

『哎！別說這些了，氣氛都搞僵了，呵！』

小淳再度笑嘻嘻的說，興致高昂的聊著我前後的轉變哪、久違的誰誰誰、去了哪個國家旅行哪……然而望著重新被霧氣覆蓋上的玻璃窗，我只是在想——

是怎麼樣的一個錯的人？

『去一下洗手間。』

小淳說，在她離席的時候，本來我也想試著在玻璃窗上寫下小淳的名字，但想想，還是算了。

『其實——』

「其實——」

小淳回座的時候，我們異口同聲，然後相視而笑；我示意小淳先說，她好像有點猶豫的樣子，但最後還是決定道出，關於她為什麼突然又想見我的初衷，在我們失去聯絡了的這兩年之後。

『其實我是想試試自己對你還有沒有感覺。』

「？」

『真的我覺得好無助，我不知道該找誰又能找誰幫忙，因為那註定了就是一段隱密的愛情，儘管那是我最自己的選擇，但我真的好無助，還是會無助，我也好想放棄了好想結束了，可是卻又沒有勇氣……然後、然後我就想到了你。』

「其實——」

『他半個鐘頭後會來接我。』

小淳打斷我，說。

「玻璃窗上的那個名字嗎？」

答案揭曉了，是嗎？

『這樣起碼可以向街上的行人宣告這段隱密的愛情哪！』

小淳笑著說，是那種充滿混亂感的笑。

『欸，問你一個問題。』

「嗯？」

『為什麼那個時候你就是不愛我呀？我一直以為你會愛我的欸。』

我愛過妳的，小淳。我以為我這麼說了，但是結果我沒有。

「因為我配不上妳。」

『這真是我聽過最爛的藉口。』

小淳冷冷的說，然後起身，離開。

我沒有攔住小淳，正如同我始終沒有問她、那是怎麼樣一段錯誤的愛情？

當時我透過玻璃窗看見小淳走進一輛車裡，我看見小淳被接走，我看見小淳離開我。

只是我沒想到，那竟會是我最後一次看到小淳。

那之後的下個週末，我獨自來到這間咖啡館。

同樣是兩杯熱的卡布奇諾，如果有人問起的話，或許我會告訴他我在等人，只是，我等的人，不會來，因為她不知道我在等她。

我選了同樣的位置坐下，四樓靠窗的座位，相同的位子。

我只是想看看那晚在小淳離開之後，我在起霧的玻璃窗上所留下的字跡是否還在。

當然，答案早已昭然若揭。

望著玻璃窗，我只是思念一個人。

小淳……小淳為什麼總是要打斷我的話呢？

我配不上妳的小淳，真的；一個連自己都放棄了的人，拿什麼資格去愛人呢？

望著那片前後被小淳和我所留下字跡的玻璃窗，我決定按下那個號碼。

冰冷而禮貌的女聲傳來，告訴我用戶關機的這個訊息，我的心頭一緊，但另一方面，卻又感覺鬆了一口氣。

妳又放棄了這個號碼了嗎？小淳。

放棄從來就是妳解決問題的一貫態度，是嗎？

望著玻璃窗，我開始留言給我思念的人。

二〇〇三。夏。尼泊爾

親愛的小淳，我把妳的住址放進隨身攜帶的背包裡，像個易碎的玻璃品那般小心翼翼的對待著。

然後，我獨自來到這個國度。

終於還是來了。

我待在街上轉角的這家咖啡館裡，試著把我的故事告訴妳，以文字的形式，試著坦白的道出。

是關於放棄的故事。

在妳看來我是怎麼樣的一個人呢？時髦年輕自信並且我行我素？其實對也不對。

更正確的說法是，那只是某個層面的我，或者也是妳所愛上過的我也不一定。

那不是完整的我。

我愛過妳的小淳，千真萬確的；這是我在那片玻璃窗上所留下的字，也是一段隱密的愛情。

我想像妳讀了之後肯定是更加的不明白，或許會更生氣我吧！我想妳會問：那為什麼、為什麼我們始終無法相愛，是嗎？

我愛妳的，小淳，或許至今仍愛著也不一定；正是因為太愛妳了，所以更想緊緊的抓住妳對我的愛而不願令它幻滅。

我準備要告訴妳了小淳，妳準備好要聽了嗎？

聽過社會邊緣人嗎小淳？那是妳所沒見過的我的一面，早在遇見妳之前，我就把自己徹底的放棄了。

從小我就生活在社會的黑暗面裡，我的家庭確實是富裕，只是掙來的錢從來就見不得光，因為見不得光，於是我們更加的不想珍惜；那是多麼一個複雜的家庭呀！遠遠超乎妳這樣一個純淨的女孩所能想像的程度，暴力、毒品、情色……這些是從小我就習慣了並且視之正常的元素。

而遇見妳的那個時空，或許對妳而言是再普通不過的環境，但對我來說卻已經是光明的極限了！

嚇了一跳是吧？在妳（或許絕大部分的人也是）看來，我和正常的人並沒有任何的不同，然而那只是表象，你們不花費力氣就能夠表現的模樣，可我卻得用盡了努力才能勉強的接近。

原來我以為擺脫得了，也想過或許能藉由妳把我帶往妳的世界，那個屬於大眾的、正常的一面。

相信我小淳，我真的也努力過了，但那些自小便跟著我的元素實在是太頑強的根深蒂固於我了，不是藉口，真的不是。

例如說毒品。

在遇見妳之前，我一直不認為毒品和其他的藥物、甚至咖啡香菸有何不同，而妳太過清澈了！清澈到令我意識到自身的混濁，我怎麼把這樣的自己洩露於妳呢？

我怕妳不愛我小淳，怕妳不敢愛這樣的我，怕妳會害怕這樣的我；這是我的自私，我承認。

我怎麼也沒有辦法領妳走進我的世界，那個妳唯一會接觸到的管道是在報紙的社會版、但卻是真真實實存在於我的生活周遭的、我的世界！

於是保持距離，是我保護妳的方式，也是愛妳的方式，我愛妳，我不想害妳；但我卻繼續貪圖著妳想給予我的愛，這是我最無法原諒自己的地方。

我只能試著不相愛，讓我們的感情，變成只是兩段單行道的愛，懂我意思嗎小淳？

妳問過我為什麼想到尼泊爾，其實我自己也說不上來為什麼，或許只是單純的感覺它是個合適放逐的國度吧！

我想把自己放逐，在尼泊爾，這個合適放逐的國度，把身上那些雜質全部丟棄，試著離妳的清澈近一些。

關於東京鐵塔的約定請原諒我無法為妳實現了！

我沒忘記，那是我第一次發現愛上妳之後所選擇逃離的國度，因為它所存在的語言，是我們相識的最初。

我把對妳的愛情留在那上面，我以為這樣我就可以不再愛妳，但那只是我的以為。也沒忘記的是，當時回來之後接到妳哭泣的電話，妳指責我的不告而別，妳誤會那是我的拒絕，真的不是，真的；我也氣我的無能為力，我恨我們無法跨越的差異，其實當時我同樣在電話的這頭流淚，靜默的流淚。

而眼淚，是愛妳的證明，這輩子我沒為誰哭過，甚至也沒為自己哭過，在醫院裡、在警局裡、在任何一個生死的邊緣，都沒怕過，沒哭過。

這麼說，妳懂我意思嗎？

記得我說過帶了一份禮物要送妳嗎？那份禮物是幸福，隨信附上，希望妳能收到，誠摯的希望，妳幸福。

這是寫給妳最後也是唯一的一封信了。

請原諒我最自私的決定，我把我最自己的一面寫在信上告訴妳，可我卻依舊無法以這樣的自己面對妳，於是這是最後的一封信了！因為我希望發信的地址會是尼泊爾，而不是某個妳只會在報紙新聞上讀到的勒戒所、又或者其他的什麼了。

P.S.

我每天打電話留言告訴妳我愛妳
因為我知道妳再沒可能會聽到
原諒我的膽怯
原諒我太晚才學會愛人

二〇〇四。夏。東京

掛上給你的最後一通電話之話，我一個人在咖啡館裡待了一整夜直到天轉亮。
我們約定好再見面的這家咖啡館，四樓靠窗的位置，只是這次，我只有一個人。
喝了七杯熱的卡布奇諾，為的不是等待，而是清醒。

一開始就做好結束準備的愛情，究竟還有沒有繼續的可能？
我想我知道答案，答案是根本就不應該開始。
很想你的時候怎麼辦？
我問過他這個問題，那個在他身上我看見與你如此相似的那個人。
來找我。這是他的回答。
於是我來到這個前後遇見你們卻從來就不屬於我的城市，為的是見他一面；只是在走出月台的時候才發現手機竟被我遺忘在火車上了。

手機流浪去了。

就算了吧。這是我給他的答案，就算了吧。

我不想在意他會等我多久，不想擔心他在電話那頭會有多麼著急；我將它當作是上天給我的安排，或者說是指示，讓這一段本來就不應該開始的愛情，就這樣莫名其妙的結束。

讓他當我是在來的途中遇上意外了也好，當我只是失約了也好，都算了吧。不見了。

然而從某個方面而言確實我是死了沒錯，身體裡曾經存在過的某部分的我確實是過去了沒錯。

哀莫大於心死。掛上給你的電話之後，這是我當下的感想。

我只記住過你的號碼，只能向你求救，在我最需要幫忙的時候，而你卻給不了任何形式上的幫忙。

你總是在我最需要你的時候缺席，總是。

而現在，兩年後的現在，我卻又愛上與你如此相似的他。

總是缺席。

那天走出咖啡館的時候，我把身體裡那個混亂的、騷動的、不安的自己做了結束，然後我突然很想逃。

想逃離這座島，想逃離所有我愛過的人。

回家之後的那幾天，母親交給我一支新的手機，說依舊是原來的門號，說這樣才不用麻煩重新聯絡所有的人。

我接過那手機，沒有開機過。

我以最快的速度辦妥出國的手續，訂了最快的機票，帶著最簡單的行李，逃。

在等待出境的時候，我把手機丟進機場的垃圾桶裡，我不想被任何人聯絡上，不想被任何人找到。

我的目的地是東京，我只是想實現那個諾言，那個你辦不到的諾言，我自己去實現。

為什麼是東京？

那時候我曾經這麼問過你。

因為我的母親在東京。當時我以為你會這麼說，但是結果你並沒有，你說因為那是我們共同學習的語言，因為那語言，於是我們相遇。

你的母親在東京，這是你告訴過我唯一關於你的事情。

終於也來到這裡了，這東京。

我訂了一個可以從窗口遠眺東京鐵塔的旅館房間，然後開始重新生活，在這不屬於我的城市，生活。

如果換成了你的說法，或許也可以解釋成，流浪。

為什麼你明明動了心卻不愛我？

我把開口說話的必要降到最低，生活的重點是每天買張地鐵的票、隨便到哪裡的都好，也不再害怕迷路；當所有的環境都只是陌生的時候，迷路就不再成立。

每天走在陌生的東京街頭時，難免我還是會異想天開的以為、會不會讓我遇見你的母親，而她會願意告訴我、那些你從來就不肯吐露的你的一切。

當然，都只是想想而已。

在東京的生活彷彿抽離了現實的意味，時間對我而言只有白天和夜晚，食物對我來說只是維持生命的基本。

我想像要是你知道了，一定又是難以置信的笑吧！

生命就是用來享樂的。你說過。而東京最是適合享樂的地方。

還是會想起你，因為從來就沒忘記過你。

只是我會儘量，我儘量不去想你。

也說不上來是怎麼了，這天當我獨自坐在街上轉角的咖啡館裡發呆望著街上往來的陌生人時，我突然被一種強烈的感覺襲擊，而那感覺，或許可以解釋成為思念。

是的，我突然強烈的思念起你，在街上轉角的這咖啡館裡，在東京。

現在的你在哪裡？

我決定離開。又或者應該說是，回家。

花了幾天的時間訂了機票退了房間，我一個人坐在床上，最後一次凝望東京鐵塔，然後起身，離開。

在等待出境的時候，我撥了電話回家，是想告訴他們接機的時間，然而母親卻叨叨絮絮的唸起我來了。

多麼令人懷念的語言哪！

我忍不住笑了。

來到東京之後，我第一次笑，或者應該說是，離開那間咖啡館之後。

耳邊湧進母親叨絮的話語，但思緒卻回到那天夜裡，我們最後見面的那天。

其實我說謊。

我在玻璃窗上寫下的是你的名字，就算是自欺欺人也好，我還是想當作我們相愛過。

為什麼我們竟沒有相愛？

只是面對你呀我卻還是說不出口，無法道出那困住你的、你不要的、我的愛情，還在。

還殘留著，留在那片起霧的玻璃窗上。

『還在不在呀？』

回過神來，母親還在電話那頭說著問著。

「嗯？」

『我剛說有一件妳的包裹，重重的，很奇怪。』

「很奇怪？」

『從尼泊爾寄來的，妳在尼泊爾有朋友？』

你到底還是去了尼泊爾？

好像過了幾個世紀那麼久的時間，最後我說：

「幫我丟了吧。」

我們的遺憾來自於相愛時間的錯過／橘子著.
-- 初版 -- 臺北市：春天出版國際, 2008. 09
面； 公分. --（橘子作品集：1）
ISBN 978-986-6675-48-5（平裝）
857.63 97012872
國家圖書館出版品預行編目資料

我們的遺憾來自於相愛時間的錯過

橘子作品集 1

作　　者◎橘子
企劃主編◎莊宜勳
封面設計◎永真急制Workshop

發 行 人◎蘇彥誠
出 版 者◎春天出版國際文化有限公司
地　　址◎台北市信義路四段458號3樓
電　　話◎02-7718-0898
傳　　眞◎02-7718-2388
E-mail ◎frank.spring@msa.hinet.net
網　　址◎http://www.bookspring.com.tw
部 落 格◎http://blog.pixnet.net/bookspring
郵政帳號◎19705538
戶　　名◎春天出版國際文化有限公司
法律顧問◎蕭顯忠律師事務所
出版日期◎二〇一七年七月初版七十三刷
定　　價◎220元

總 經 銷◎楨德圖書事業有限公司
地　　址◎新北市新店區寶興路45巷6弄6號5樓
電　　話◎02-8919-3186
傳　　眞◎02-8914-5524
排　　版◎浩瀚電腦排版股份有限公司
印 刷 所◎鴻霖印刷傳媒事業有限公司

ISBN 978-986-6675-48-5
Printed in Taiwan